懐徳堂ライブラリー……9

旅立ちのかたち

イギリスと日本

懐徳堂記念会 編

和泉書院

目次

第一章　旅と地図とコンパスの詩学

――ジョン・ダンと大航海時代――

小澤　博

はじめに

「生きるべきか死ぬべきか」で有名な第四独白の中で、ハムレットは死後の世界に思いを巡らし、人は死んで、眠って、永遠の眠りの中で恐ろしい夢を見るかもしれない、と語り始めます。死んで、そのあと、死後に見るかもしれない夢が怖いから、人はこの世の煩いを断ち切ることもできず、理不尽な苦痛やしがらみに甘んじて、おめおめと惨めな人生を生きていくしかないのだ、と。そんなハムレットが想像する死後の世界は、「いったんその境を越えて行った旅人が、まだ誰一人戻って来ためしのない未知の国」です。ハムレットは逡巡と煩悶の末に亡父の復讐を果たし、親友の腕の中で、「あとは沈黙」と言い残して「未知の国」に旅立ちます。旅人となったハムレットの魂は、見知らぬ風景を眺め、眠り、ときに恐ろしい悪夢にうなされながら、今も未知の国をさまよい続けているのかもしれません。あるいは、シェイクスピア晩年の作『テンペスト』の主人公が語るように、人は夢の中に生まれ落ち、人生という名の束の間の夢が終われば、あとは永遠の深い眠りがあるだけなのかもしれません。

小論では、〈旅〉のテーマを死後の風景から語り始めたいと思います。シェイクスピアとほぼ同時代に生きたイギリスの詩人ジョン・ダン（John Donne）は、魂の旅立ちを歌った数篇の詩を書き残しました。一五七二年にロンドンに生まれ、一六三一年、享年五九歳でその生涯を閉じたこの詩人は、後半生をイギリス国教会の聖職者として生き、一六二一年にはセント・ポール寺院の主席司祭にまで昇りつめた人です。主席司祭就任後まもなく、ダンは大病を患い（一六二三年一一月）、死の淵から奇跡的に生還します。このとき病床で書き綴った祈りと思索は、翌二四年に『緊急時の祈り、および病状の記録』と題して出版され、同年のうちに第二版、二六年には第三版が相次いで刊行されました（ちなみに、ヘミングウェイの小説のタイトル『誰がために鐘は鳴る』はこの随想の中の一節から採ったものです）。ダンには、公的にも私的にも、敬虔な魂の旅―死出の旅―を書き綴る強い動機があったのです。

第一節では先ずその一篇を取り上げ、ダンの歌う魂の旅路をたどってみたいと思います。旅のイマジネーションを読み解きながら、そこに刻まれた時代の特質を探り、詩人が呼吸していた精神文化の一端を再現してみます。第二節では旅（船旅）の道具としての地図とコンパスについて考えてみたいと思います。旅と地図とコンパスから開けてくる視界には、意外にも、近代解剖学の風景が見えてきます。あとで詳しく述べますが、この人体の科学もまた、時代の風の中を進む船の旅、もう一つの船旅であったと考えられるのです。ここでは、旅と医学の間をダンの詩的イマジネーションで繋ぎつつ、魂の船旅をさらに海の向こうへ、一七世紀という時代が切り開いた新しい知見の広がりへと導いてみたいと思います。第三節では、もう一度旅の道具としての地図とコンパスに立ち戻り、進路を新大陸に向けてみます。ここでのトピックは、旅と植民地主義と征服欲です。

旅にたとえるなら、小論は、ダンの詩的イマジネーションという風に乗り、初期近代イギリスの精神文化史をひと巡りする船旅と言えます。港を出て最初に開けてくるのは宗教の風景です。続いて科学の風景、さらに、それらを遠望しながら、政治の風景が見えてくるでしょう。一七世紀は自然科学の興隆が知の地平を切り開き、自然科学者による学術団体ロイヤル・ソサイエティ（王立協会）の設立に結実した時代です。また、植民地主義の西洋が、海の彼方に新たな領地を求め、覇権を争った時代でもありました。そうした時代の特質は、右記の風景のいずれにも吹きそよぐ清新な風のようなものです。従って、これから眺める三つの風景は互いに繋がったひと続きのパノラマでもあるのです。それでは、旅立つ魂の後を追いながら、変革の時代の風に帆を上げてみましょう。

一　魂の旅立ち

病の床で―死と復活への思い

ジョン・ダンは「病床より我が神に捧げる讃歌（Hymn to God my God, in my Sickness）」と題する詩の中で、臨終の床に横たわる己の姿を想像し、死後の魂がたどるであろう旅の軌跡を綴っています。第一連、詩人は熱病の床で息を引き取ろうとしています。病苦の口から漏れ出る声は、しかし、神に召される魂が、今まさに天国の聖歌隊に加わらんとして、楽器の調べを整えているかのようです。少し長くなりますが、全六連を引用してみましょう。

もうすぐ、私はあの神聖な部屋に入っていきます
そこで、あなたの聖者の合唱隊に加わり、永遠に続く
あなたの音楽となるのです。その準備のために
私は今、その入り口で楽器の調べを整え
その時に何をすべきかを、考えているのです。

私の医者たちは、彼らの愛の力によって
地理学者となりました。私は彼らの地図となり、この病の床に
平らに伏しています。地図を診ながら教えてほしいのです
これが南西へ向かう君の探検旅行だ
熱の海峡を通っていくのだ、と。ここの海峡を通って死ぬのだ、と。

それこそ私の歓び、海峡の中に私の行く西の果てが見えているのですから。
海峡を流れる潮に乗れば二度と引き返すことはできない、けれど

私の行く西に苦痛などありえましょうか。西と東が
　平らな地図（私もその一枚です）の中で接し、一つになるように
　死は復活と接しているのです。

私の向かう故郷は太平洋だろうか。それとも
　豊かな財宝に恵まれた東方の国々だろうか。エルサレムだろうか。
アニアンも、マゼランも、ジブラルタルも
　みな海峡だから、海峡を通っていくしかないのだ
　ヤフェトや、チャムや、セムの住むところへは。

楽園とカルヴァリは同じ一つの場所にあって
　キリストの十字架とアダムの樹も、同じ一つの場所に立っていたのです。
主よ、見てください、私の中で二人のアダムが出会いました
　最初のアダムの汗で私の顔はぐっしょり濡れています、だから今
　最後のアダム［訳注：イエスのこと］よ、その血で私の魂を抱きしめてください。

そして、主よ、その深紅の血に包まれた私を受け取ってください
彼［訳注：イエス］の茨の冠を仲立ちとして、栄光の冠を私に与えてください

私は多くの魂にあなたの言葉を説いてきました、今は私に
あなたの言葉をください、私自身の魂にあなたの言葉を説いてください
主、人を打ち倒すは、立たさんがためなり——と。(1)

これはダンのイマジネーションが見た死と復活の風景です。肉体から解放された詩人の魂は、「南西」に向かって旅立ち、アニアン海峡（現在のベーリング海峡）を下り、マゼラン海峡を巡り、ジブラルタル海峡を経て、長い旅路の果ての最後の目的地、カルヴァリにたどり着きます。カルヴァリはエルサレム近傍の丘で、キリスト磔刑の地、つまり死と復活が成就した場所です。第五連では、熱病で吹き出す汗が、アダムに対する神の言葉「お前は顔に汗を流してパンを得る／土に返るときまで」（創世記第三章一九節）と重ねられています。アダム（「最初のアダム」）の末裔としての詩人は、死後、彼の魂が復活の地でキリスト（「最後のアダム」）と出会うことを願いながら、今しも最期のときを迎えようとしているのです。

魂はオルテリウスの海を行く

一読して明らかなように、ダンは死出の旅を、世界周航の遥かな船旅としてイメージしました。魂が巡るその海の旅を、いま少し手の届く視野の中に引き寄せてみましょう。この詩を読み解く鍵は「地図」です。第二連で医者は地理学者にたとえられ、詩人の身体は一枚の地図となります。詩人の魂は他ならぬその地図の上を進むのですが、その航路にはアニアン海峡、マゼラン海峡、ジブラルタル海峡が待っているというのです。これら三つの海峡は、第二連、第三連、第四連で繰り返し強調されています。魂がその目的地にたどり着くためには、海峡という名の関門を通過しなければならないのです。ジョン・ギリーズ（John Gillies）という英文学者はこの三海峡に注目し、ダンの心象風景の中には、一六世紀フランドルの地理学者アブラハム・オルテリウスの世界地図が広げられていたと指摘しています（一八二－八八頁）[2]。ダン誕生の二年前、一五七〇年にオルテリウスの『世界の舞台』が出版されますが、これは世界初の本格的世界地図帳として好評を博し、以後久しく世界地図製作の基礎となりました。オルテリウスは大航海時代の新情報に即して増補改訂を重ね、その地図帳はラテン語のほか、オランダ語、ドイツ語、フランス語、イタリア語、スペイン語、英語でも出版されます。一五七三年にはスペインのフェリペ二世から「国王の地理学者」の称号を与えられるなど、オルテリウスは大航海時代の地図の立役者でした。彼は一五九八年に七一歳で没しますが、地図帳はその後も版を重ね、一五七〇年の初版から一六一二年までの間に刊行された版本は、各国語版を含めて四二版に及びます

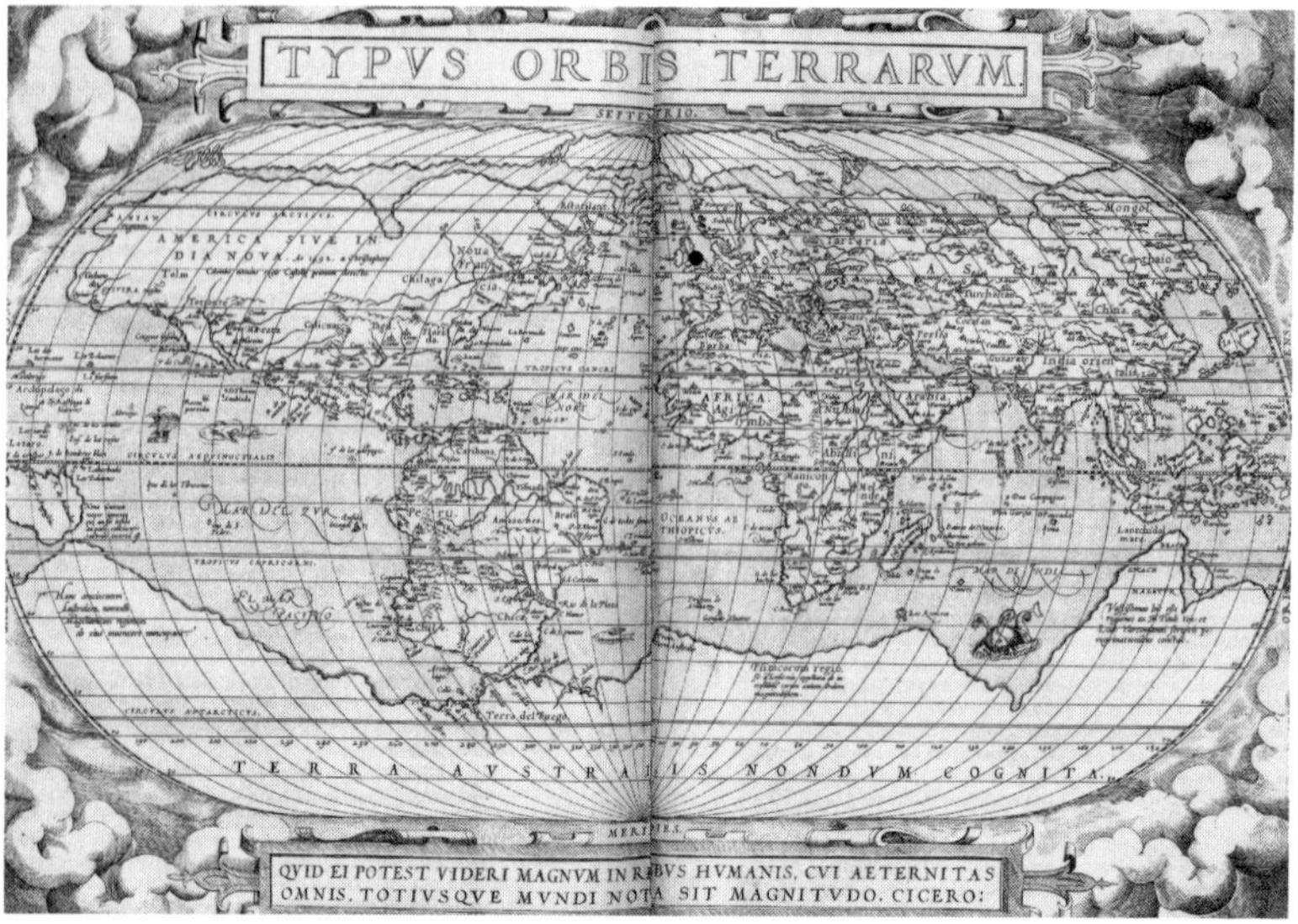

図版１　オルテリウスの世界地図（●印は筆者）
Jerry Brotton, *Trading Territories: Mapping the Early Modern World*（Cornell UP, 1998）所収の Illustration 49: Abraham Ortelius, 'Typus Orbis Terrarum', copperplate engraving from his *Theatrum Orbis Terrarum*, Antwerp, 1570.

（織田三三一頁）。この世界地図、そして唯一これに基づく世界地図だけに、ダンの詩が歌う三つの海峡全てが明記されていたのです。

オルテリウスの世界地図（図版1）を眺めながら、魂の船旅をなぞってみましょう。

南北アメリカ大陸は、私たちが現在知るものとはだいぶ異なる形をしています。南極大陸に相当する地域も未知の領域で、形は想像上のものです。主要な大陸の位置関係は、地図のほぼ中央に描かれたアフリカを指標にして知ることができます。さて、魂の出港地は詩人が病床に伏すイギリス（図版中の●印）です。詩人の魂が北回りの航路をとったとすると、北アメリカ大陸の北の縁をほぼ真西に進み、アニアン海峡を南に下って太平洋を横切り、アフリカ南端の喜望峰を回って北上し、ジブラルタル海峡に至ります。南回りの航路なら大西洋を南下し、マゼラン海峡を経て太平洋を横切り、喜望峰を目指すことになるでしょう。喜望峰から先の旅は、北回りの航路と重なります。なるほど、喜望峰に到達するまでの大航海は、第二連に歌われているように、「南」と「西」に向かって進む「冒険旅行」であることがわかります。西は日の沈む方角ですから〈死〉の方向、南は下に向かう方角ですからこれも〈死〉の方向、従って「南西」へ向けて船出した魂は、文字通り死出の旅に出たと言えるでしょう。最後の関門ジブラルタル海峡を通過するあたりで魂は大きく東に舵を切り、あとは地中海を一路東へ進み、さらに東へ旅を続けて復活の地カルヴァリを目指します。改めて指摘するまでもなく、東は太陽の昇る方角、すなわち〈生〉の方向です。死出の旅はその最後の旅程で、復活／再生の方向に向きを変えるのです。

ＴＯマップと復活の地

旅を続けましょう。オルテリウスの世界地図を周航してきた魂は、聖書の原風景ともいえる世界にたどり着きます。第四連の最終行で歌われているように、魂はジブラルタル海峡を抜けて「ヤフェトや、チャムや、セムの住むところ」を旅するのですが、ヤフェト、チャム、セムはノアの三人の息子

図版２　TOマップ（「詩編地図」13世紀）
John Gillies, *Shakespeare and the Geography of Difference*（Cambridge UP, 1994）所収の Plate 6: ‘The Psalter Map’, British Library, Add.Ms.28681, fol.9r.

で、大洪水の後、人類はこの三人の息子たちから世界に広がった、と創世記は教えています（第九－一〇章）。地図の上を行くダンの心象風景には、どうやらオルテリウスとは別の、キリスト教の世界観を記述したもう一枚の世界地図、ＴＯマップと呼ばれる神学的地図（図版２）が映っていたらしいのです。図版２にあるように、この地図には、Ｏ字状の外周環海に囲まれた陸地が描かれ、そのほぼ中央にT字状の水域が描き込まれています。

Tの横棒に相当するのがナイル川とタナイス川（現在のドン川）、これに直行する縦棒が地中海で、世界は縦棒の左側のヨーロッパ、右側のアフリカ、横棒の上のアジアに三分割されます。また、この三大陸は先に触れたノアの三人の息子ヤフェト、チャム、セムによる分割の結果と解釈されていました。前後しますが、先に見た第四連の「ヤフェトや、チャムや、セムの住むところ」とは、TOマップに描かれたこの三大陸を指します。この世界地図の中では上が東、下が西、左が北、右が南です。ジブラルタル海峡を通過した魂は、このTの縦棒（地中海）を下（西・死）から上（東・生）に向かって進んで行きます。長い旅の最終目的地は、TOマップの中心にくっきりと印された●印です。この一点はオムパロス（omphalos 世界の中心／世界の臍）で、聖書的求心性を持つこの世界地図ではエルサレムを表します。

詩人は第三連で「西と東が／平らな地図（私もその一枚です）の中で接し、一つになるように／死は復活と接しているのです」と歌っていました。なるほど、オルテリウスの地図上のどこでもいい、どこか一点に指を立てれば、その指先の左側が西で、右側が東、西と東は任意の至る場所で無限に接して一つです。原文を見ると、この箇所は“west and east ⋯ are one”とあります。一方、TOマップの上では、西と東はただ一点、世界の中心オムパロス、すなわち、キリスト磔の地、死と復活の地、エルサレムで出会います。TOマップの中心で魂が体験する「西」と「東」の出会いは、オルテリウスの地図のそれとは決定的に異なる信仰の証であり、オクシデント（occident：「西」の意、ラテン語のoccido「倒れる」から派生）とオリエント（orient：「東」の意、ラテン語のorior「立ち上がる」から派生）の劇的な出会いとして享受されるのです。聖書的世界の中心では文字通り「倒れる」西と「立ち上がる」東が接していました。魂は長い旅路の果てに、このオクシデントとオリエントが出会う地、世界の中心エルサレムで、詩の最終行に込められた願い「主、人を打ち倒すは、立たさんがためなり」を成就するのです。ダンの「病床より我が神に捧げる讃歌」は、魂の救済を世界周航の旅に託した祈りの歌に他なりません。私たちはその旅の形を、異なる二つの世界地図の中に眺め、読み解くことができるのです。

二　大航海時代と解剖学

コンパスと「平らな地図」

前節ではジョン・ダンの「病床より我が神に捧げる讃歌」を取り上げ、魂の旅の軌跡をたどってみました。この詩を一六世紀後半から一七世紀という時代の中に置いて眺めるとき、とりわけ興味深いのは、旅のモチーフの中心に、二つの異質の地図が存在していることです。既に見たように、詩の前半を構成するオルテリウスの地図が科学的知識の産物であるとすれば、後半のＴＯマップは宗教的信仰の産物と言えるでしょう。一篇の詩の中で科学と宗教という人智の二大原理が出会っているのです。山本義隆氏は『一六世紀文化革命』の中で、一六世紀には科学革命の「一七世紀を準備することになる知の地殻変動すなわち〈一六世紀文化革命〉が進行していた」（第一巻二八頁）と述べています。この詩はそうした変革の時代の縮図として読むことができるのではないでしょうか。一七世紀半ばにはロイヤル・ソサイエティが創設され、ロバート・フックやアイザック・ニュートンといった科学史を飾る大物が相次いで登場します。病床の詩が書かれたとき、伝統的なキリスト教の世界には、新しい自然科学の波が押し寄せていました。

ダン誕生の三年前、一五六九年には、オルテリウスと同じフランドルの地図学者ゲラルドゥス・メルカトルが、正角円筒投影図法（メルカトル図法）による壁掛け型大世界地図『航海に最適の新地球図』を完成させています。大航海時代の船旅は、地図の歴史と軌を一にする営みであったといっても過言ではありません。そのメルカトル製作『改訂プトレマイオスの世界地図』（一五七八年）の扉絵（図版3）を眺めながら「病床より我が神に捧げる讃歌」を読み返してみると、第二連の「私は彼らの地図となり、この病の床に／平らに伏しています」という一節や、第三連の「西と東が／平らな地図（私もその一枚です）の中で接し」といった一節の中に、科学革命の息吹を呼吸していた詩人ダンのイマジネーションが蘇ってきます。この扉絵の左右に立つ人物はプトレマイオスとメルカトルで、プトレマイオスは手にしたコンパスを地球に向けて伸ばし、メルカトルは筒状に巻かれた一枚の平らな地図

図版３　メルカトル『改訂プトレマイオスの世界地図』（1578年）扉絵

John Gillies, *Shakespeare and the Geography of Difference*（Cambridge UP, 1994）所収の Plate 12: Frontispiece: Gerard Mercator's *Tabulae Geographicae Cl: Ptolemei*, Cologne, 1578.

を手にしています。扉絵には三次元の球面を正確に測量するプトレマイオスの知識と、それを二次元の平らな図面に変換する新しい科学的方法（の考案者メルカトルの存在）が対置されているようにも見えます。第二連と第三連で繰り返される「平らな地図」のイメージには、ダンが体験した新しい地図、新しい科学的知識のインパクトが書き込まれているのです。

コンパスと解剖学

科学革命の風に吹かれて、今少し知の風景を眺めてみましょう。右に見たように、『改訂プトレマイオスの世界地図』扉絵のプトレマイオスはコンパスを手にしています。一方、没後に刊行されたメルカトルの『アトラス』（一五九五年）のタイトルページ中央には、天球儀と地球儀を製作しているリビアの伝説的王アトラスが描かれていますが（織田三二六－二七頁）、この人物もまた右手にコンパスを持ち、膝に乗せた球の測量をしています。コンパスは地図製作を象徴する道具として捉えられているのです（アトラス像のコンパスは、文字通りタイトルページのほぼ中央に描かれている）。ところで、この地図製作の要としてのコンパスは、私たちを海の旅とは異なる、もう一つの探検旅行へと導く道具でもあります。興味深いことに、ライデン大学の解剖実習室を描いた光景の中に、しかもその構図の中心に、他ならぬコンパス（ディバイダー）が描き込まれているのです（図版4）。

当時、ライデン大学は近代ヨーロッパの解剖学をリードする中心的存在でした。図版が示すように、この図像の上端中央にはライデンの町を眺望する絵地図が掲げられ、構図全体の中心には扇型に脚を開いたコンパスが描かれています。また、コンパス上端の要の部分は正確にこの絵の構図の中心点に重ねられています（Sawday 七四－七五頁）[3]。解剖学は、人体内部の未知の世界に分け入り、臓器や骨格あるいは筋組織の形状や位置を測量し、記述する学問です。それは人体の地図を製作する作業に他なりません。しかも当時、人間の身体と世界は、それぞれミクロコズモス（小宇宙）、マクロコズモス

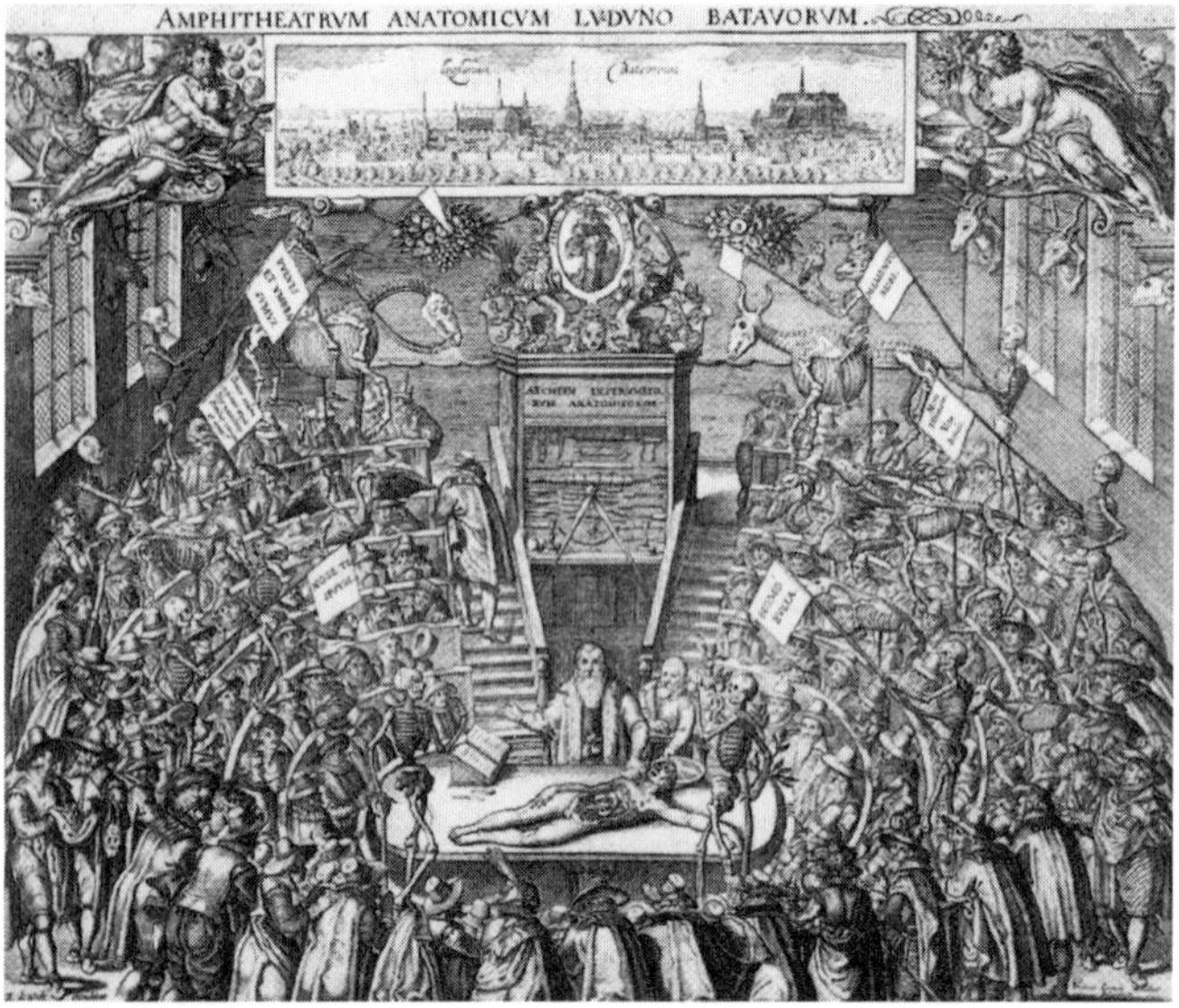

図版 4　ライデン大学解剖実習室　1609年頃

Jonathan Sawday, *The Body Emblazoned: Dissection and the Human Body in Renaissance Culture*（Routledge, 1995）所収の Figure 6: View of the Leiden anatomy theatre c. 1609.

（大宇宙）という概念で捉えられ、両者は類比関係にある大小二つの世界と考えられていました。サフォーク出身の医者ヘルカイア・クルック（Helkia Crooke）の解剖学書が『ミクロコズモグラフィア──人体の記述──』（一六一六年）と題されているのは、人体を小さな世界と考えるそうした世界観を反映したもので、「ミクロコズモグラフィア」とは「小宇宙の記述」という意味です。逆に、世界を大きな人体として捉えた図像もあって、スウェーデンの医者オラウス・ルードベックの『アトランティカ』（スウェーデンがプラトンの述べたアトランティスに相当することを証明しようとしたもの）の扉絵には、大きな世界＝地球を地理学者たちが取り囲み、これを人体に模して解剖し、計測している様子が描かれています（図版5; Neill 一二八－一二九頁）。

解剖学と地図製作の興隆をもたらした知的探究心の背景には、「小さな世界（ミクロコズモス）」と「大きな世界（マクロコズモス）」の知識を所有することへの渇望がありました。それは大航海時代の船乗りを駆り立てた「探検旅行」への情熱、〈世界〉の拡張と獲得に向かう時代の精神でもあったと言え

図版5　地球を解剖する地理学者たち（中央にルードベック）

オルテリウス（ルードベックの向かって右隣）やプトレマイオス（同手前右端）の名も見える。Michael Neill, *Issues of Death: Mortality and Identity in English Renaissance Tragedy* (Oxford UP, 1997）所収の Figure 22: Frontispiece engraving for Olaus Rudbeck, *Atlantica*, Uppsala, 1689.

るでしょう（Neill 一二二－三四頁）。解剖学の成果を一篇の書物にしたため、人体内部の構造や機能を解き明かさんとしたクルックは、自らの行為を新世界への航海になぞらえ、未完の探検旅行として次のように述べています。

読者の役に立ちたいという一念から、私もまた世界周航の旅をしてきた。この船旅では多くの新世界を発見することはできなかったかもしれないが、深海の深さを正確に計測し、幾多の大陸の内奥に分け入り、海外線にそって航海することはできたと思う。また、河口の奥深くまで進み、そこに住む人々を発見し、彼らの性質や気質、統治形態、食べ物、衣服、仕事などについても明らかにすることができた……だが、私の船旅はまだ終わっていない。

（『ミクロコズモグラフィア――人体の記述――』第一三巻の序文、九二五頁）

クルックにとって、解剖学は新世界への探検旅行に他ならなかったのです。

詩人と解剖学者の出会い

さて、ここでもう一度、ライデン大学解剖実習室の風景に戻ってみます。図像中央に描かれたコンパスの脚に注目し、扇状に開かれたその二つの脚を下方に延長していくと、左右一対の骸骨（骨格を剝き出しにした全身立像）にぶつかります。左がアダムで右がイヴです。また、この二人を繋ぐように、解剖台の上には解剖用の検体が横たわっています。さらにそれらを直線で結ぶと、一つの三角形が見えてきます。つまり、この実習室の風景には、コンパスの要を頂点とし、解剖用検体を底辺、アダムとイヴを底辺両端の二点とする三角形が存在するのです。その三角形の中心に解剖学者が描かれています。解剖学者は科学の知識（コンパス）と宗教の叡智（アダムとイヴ）を繋ぐ存在であり、科学と宗教が出会う場でもあります。オルテリウスの地図と聖書的地図を繋ぎ止め、「病床より我が神に捧げる讃歌」を書き上げたジョン・ダンは、この解剖学者と同様の文化的位相を体現していたのではないでしょうか。一七世紀精神文化史の中で、魂の旅立ちを歌う詩人と解剖学者が出会うのです。

ところで、詩人と解剖学者のこの邂逅は、実は想像するほど突飛なものではありません。ダンはエリザベス・ドルアリーという、一六一〇年一二月に一四歳で亡くなった女性を追悼し、「一周忌の歌（The First Anniversary）」と題する詩を書いています。彼はこの詩の中で、女性の死によって世界は中心を喪失してしまったと嘆きつつ、新時代の知識に晒されて変貌する時代を綴っていますが、「知の地殻変動」を嘆ずるこの詩には、「世界の解剖（An Anatomy of the World）」という副題がつけられています。また、ダンと解剖学の近接性は、「毒気（The Damp）」と題する詩からも伺えます。全三連からなるこの詩は、解剖学的イメージに拠りつつ、次のように歌い出されます。

ぼくが死に、医者にもその死因がわからないと
　ぼくの友人たちは興味にかられて
ぼくの体を切り開き、一つ一つの器官（part）を調べあげるだろう
そして、ぼくの心臓（heart）の中に、きみの肖像画を見つけるはずだ。
　するときみはこう思うにちがいない、愛の毒気が突然立ちのぼり
　彼らの感覚の中をめぐって
ぼくと同じように、彼らにも毒がまわり、
きみはただの人殺しから、大量殺人者に昇格できる、と。

男どもに恋の病の毒ガスを吸わせ、皆殺しにして悦に入る悪女―何ともおどろおどろしい内容ですが、一読して明らかなように、ここには解剖のメタファーが使われています。この詩は、この後、理詰めのレトリックで女を口説きにかかるのですが、ことの成り行きはさておき、ここで注目したいのは「器官」と訳した〝part（パート）〟という単語です。右の日本語訳では四行目の「心臓（heart ハート）」と韻を踏んで、解剖学的身体の「部位」という意味になります。この「部位」としての〝part〟を地理学的な文脈の中で使用した例が、ダンの『聖なるソネット（*The Holy Sonnets*）』第五番に見られます。冒頭の四行連句を見てみましょう。

私は精巧に創られた小さな世界（a little world）であり
地火風水四つの元素と、天使のような霊魂でできている
だが、黒い罪が私を裏切り、永遠の夜の闇に、その両方（both parts）を
売り渡した、だから、私の世界は両方（both parts）とも死なねばならないのだ。

冒頭一行目には、ミクロコズモス（小さな世界）としての身体観が歌われています。その「小さな世界」としての私は、肉体と霊魂という二つのパーツ（parts）で創られているのだが、罪深い人生の因果ゆえ、その「両方（both parts）」が夜の闇に堕ち、「両方（both parts）」とも死ななければならなくなった、というのです。このソネットは死と復活を願う敬虔な祈りの歌ですが、"parts"の反復によって、地理学的なメタファーの上に身体的部位のイメージが重ねられています。身体は機械のように複数のパーツによって組み立てられているとするこの詩的想像力は、デカルトの動物機械論にも通じて、近代解剖学の発達と連動しています。

ジョン・ダンは一六世紀文化革命の中に生まれ、一七世紀科学革命の黎明期を生きた詩人です。その生涯は、近代解剖学の父と呼ばれるフランドルの解剖学者アンドレアス・ヴェサリウス（一五一四－六四）に近接し、地理学者オルテリウス（一五二七－九八）や、メルカトル図法の地図製作者メルカトル（一五一二－九四）、あるいは、機械論的身体論のデカルト（一五九六－一六五〇）や、そのデカルト

に大きな影響を与えた血液循環論のウィリアム・ハーヴェイ（一五七八―一六五七）といった変革の時代の叡智と重なっています。ダンのイマジネーションは、そうした気鋭の船乗りたちとともに新風に帆を揚げ、知の大海を巡っていたのです。

三　再び海へ

コンシート

ジョン・ダンという詩人は、イギリス文学史の中ではほとんど例外なく、一七世紀形而上派詩人を代表する人物であると説明されています。また、「形而上派詩人」については、これもほとんど例外なく、コンシート（conceit：綺想）と呼ばれる奇抜な比喩の使用を特徴とし、その典型的な例として、ダンのコンパスの比喩があると説明されています。前節でコンパスに着目したのは、小論の議論を、このような文学史の解説にも関連づけておきたかったからです。さて、件《くだん》のコンパスの比喩は、全九連からなる「告別の辞―悲嘆を禁じて（A Valediction: Forbidding Mourning）」という詩に出てきます。「高潔な人たちは静かに息をひきとり／彼らの魂に向かってそっと囁くものだ、さあ、もう行きなさい、と」と始まるこの詩は、最初に取り上げた「病床より我が神に捧げる讃歌」を思い出させる書き出しですが、第二連以下で男女の別れの歌に展開していきます。後半の三つの連を引いてみます。

ぼくたちの魂が二つだったとしても、その二つは
　堅いコンパスの脚のように二つであるということだ
きみの魂は固定された脚で、見た目には
　止まっているように見えるけど、もう一つの脚が動けば、一緒に動く。

その脚は中心に座っているけれど
　もう一つの脚が遠くをさまよえば
身を傾けてあとを追い、消息を聞こうとする
　帰ってくれば、まっすぐに立つ。

きみもそのようにいておくれ、ぼくは
　もう一つの脚のように、斜めに走っていく（obliquely run）、
きみがぐらつかなければ、ぼくは綺麗な円を描き
　出発地にぴったり帰還して、旅を終えることができるから。

コンシートの例として有名なコンパスのくだりですが、ここでの比喩は従来「堅固な貞節」の寓意と

して解釈されてきました。コンパスの図像はエンブレムと呼ばれる当時の寓意画にも見られ、図像につけられた絵解き文では、多くの場合、貞節と忠誠のモラルが説かれています（Freeman 一四七頁）。男女の別れを歌うダンのコンパスにも、明らかに同様の教訓的意味が盛り込まれています。しかし、同時に、旅立ちのイメージの中で歌われるそのコンパスからは、波路はるかな外洋航海の風景も浮かび上がってきます。

航海術を読み解く

ここで注目したいのが、最後の連の二行目で「斜めに走っていく」と訳した箇所です。原文では"obliquely run"とあり、拙訳はその逐語訳です。この箇所は、コンパスが円弧を描いて移動する動きを表現したものと解釈するのが一般的ですが、アイリーン・リーヴズ（Eileen Reeves）という比較文学者は、科学史の知見を援用しつつ、そこに当時の外洋航海術への言及が含意されていると指摘しました。たとえば、北緯五〇度西経一〇度に位置する港から船出し、北緯三〇度西経七〇度に位置する島を目指したとします。最も単純な航法は、北緯五〇度の緯線に沿って真西に進み、西経七〇度に達したところ（東西方向への移動距離の測定は困難を極めたのですが）で舵を真南に切り、そのまま子午線上を二〇度南下するという方法です。しかし、これは効率の良い航路とは言えません。最短の航路を行くためには、真西への移動距離と真南への移動距離を二辺とする直角三角形の斜辺を進む必要があります。これは斜航法と呼ばれる航法で、船は常に子午線と一定の角度を保ちながら、斜航線（直角三角形の斜辺）上を「斜めに」進み、一路目的地を目指します。ダンの時代の外洋航海はこの斜航法が主流でした。船の航路となる斜航線はメルカトル図法の地図の上では「斜めに」引かれた直線になりますが、地球面上では極に向かう螺旋状曲線になります。(4) ダンの詩が歌う「斜めに（obliquely）走っていく」コンパスの脚は、斜航線の描くこの二様の線をなぞっているようにも見えます。『オックスフォード英語辞典』によれば、一七〇六年になると、"oblique sailing" という英語が「斜航法」の意味で使われるようになります（"oblique", a., A. 2. f）。ダンの「告別の辞—悲嘆を禁じて」には、大航海時代の海の風景が広がっているのです。

新大陸と欲望のレトリック

さて、ダンとともに巡ってきた旅のフィナーレは、大西洋を横断し、新世界アメリカに渡ります。ダンの詩ではしばしば命の根源としてのエロスが称揚され、かなりきわどい表現が頻出します。これから見ていく「エレジー一九　床に向かう恋人へ（Elegy 19: To his Mistress Going to Bed）」もその一つで、〈説得の詩〉と呼ばれる範疇に属します。ここで言う〈説得〉とは、女性を性の快楽へ誘うレトリックです。詩のタイトルにある「エレジー」は、人の死を悼んで作る哀悼歌の意味ですが、ダンの時代には性的快楽のクライマックスも「死」で表現したので、このタイトルはなかなか意味深長です。ダンのアメリカはエロティックな女性の身体として歌われます。さて、その内容ですが、詩人は言葉巧みに恋人を説得し、腰の帯を解かせ、胸当てをとらせ、レースをほどかせ、コルセットをはずさせます。さらに髪飾りをとらせ、靴を脱がせると、露わとなったその裸体を柔らかな床へ誘って、次のように続けます。

これは契約だ、動き回るぼくの（my）両手を認可しておくれ、そして自由に
動き回らせておくれ、前や、後ろや、間や、上や、下を。
ああ、ぼくの（my）アメリカ、ぼくの（my）新大陸
ぼくの（My）王国、男が一人で駐屯しているときにこそ最も安全な国
ぼくの（My）宝の鉱脈（mine）、ぼくの（my）帝国
ああ、ぼくはこうしてきみを発見している（discovering）、至福のとき！
こうして契約を交わし、我が身を縛るのは、自由になるためさ、だから
ぼくの（my）手が置かれた場所は署名と同じ、どこでも自由にぼくの（my）所有物だ。

（二五―三二行）

右の引用の三行目「新大陸」の原文は “**new found land**（ニューファンドランド）” です。字義通りに「新

しく発見された土地」、すなわち「新大陸」と訳しましたが、固有名詞としてのニューファンドランドはカナダ南東の島の名で、一五八三年、正式にイギリス領となりました。一五九〇年代にイギリスが所有していた数少ない植民地の一つです。男は、今、恋人の身体に新大陸アメリカを見ていますが、その新大陸を今まさに「発見している」ことの歓びが、引用の六行目では“discovering”と歌われていますが、“discover”には、「発見する」という意味の他に、「カヴァー（cover：身体を覆う衣服）」を「剝ぎ取る（dis-：分離する、奪う）」という意味、すなわち、恋人の衣服を剝ぎ取り裸身を露わにするという意味が込められています。詩人の目には、女性の服を剝ぎ取りその身体を征服しようとする男の欲望と、新大陸を発見し征服しようとする西洋の欲望が、同じ一つの光景として映っています。男＝西洋は女性＝新大陸を〈ディスカヴァー〉し、その身体＝土地を契約という名の法的権威によって占有しようとするのです。この一節には、植民地主義と家父長主義（男性中心主義）に潜在する同根の欲望が書き込まれているのではないでしょうか。その所有欲、占有欲の強さは、「ぼくの（my）」という語が頻出することからも伺えます。引用では全八行の中で「ぼくの」という所有格が八回繰り返されますが、さらに「鉱脈」という意味の英語“mine”が書き加えられているため、「ぼくの…鉱脈」の箇所の原文“My mine”は「ぼくの、ぼくのもの」とも読めます。この時代、人々を海の彼方へ、探検旅行へと駆り立てたエネルギーは、まさにこのように強烈な所有欲、占有欲だったのではないでしょうか。

裸体のアメリカ

同じ風景を地図の視点から眺めてみましょう。地理学者オルテリウスの地図帳『世界の舞台』の扉絵には大変興味深い図像が描かれています（図版６）。この扉絵の最上部には、右手に王笏を持ち王冠を被ったヨーロッパが描かれています。その下、左右に立つ二人は、左がアジアで、右がアフリカです。さらにその下、アジアの台座に背を持たせて座る裸身の女性がアメリカです。その向かいに置

図版６　『世界の舞台』（1570年）　扉絵

John Gillies, Shakespeare and the Geography of Difference（Cambridge UP, 1994）所収の Plate 9: Frontispiece: Abraham Ortelius's *Theatrum Orbis Terrarum*, Antwerp, 1570.

かれた胸像は、南極を中心に南半球に存在すると考えられていた未知の大陸マガラニカです。女性の身体を被う衣服は、西洋世界からの距離が広がるにつれて少なくなります。マガラニカが半身の胸像として描かれているのは、この大陸（女性）がまだ胸のあたりまでしか衣服を剥ぎ取られていない／発見されていないこと、すなわち、ディスカヴァーされていないことを示していると言えるでしょう。また、アフリカ、アメリカ、マガラニカの裸身は未知の大陸の野蛮性（これは「高貴な野蛮人」が持つ純真無垢な資質も含意する）を表しているようです。この扉絵、とりわけそこに描かれた裸身のアメリカは、「エレジー一九　床に向かう恋人へ」の注釈としても読み解くことができます。扉絵に付された絵解き文によれば、

下の地面にいるのはアメリカです
豪胆なヴェスプッチが、先の航海で海を渡り
力ずくで（by force）捕獲し、愛の腕に優しく抱きしめた乙女（ニンフ）です。
彼女は自分の姿に無関心で、また、その汚れなく清純な身にも頓着せず
一糸まとわぬ姿で座っています……

というのです（Gillies 七四頁）。「エレジー一九　床に向かう恋人へ」に歌われる新大陸アメリカは、

説き伏せられて男に身を委ねるのですが、この扉絵のアメリカはヴェスプッチに「力ずくで（by force）」捕獲されます。また、ダンのアメリカが男の説得で衣服を脱ぎ捨てるのに対し、野蛮と無垢を象徴するヴェスプッチのアメリカは、始めから裸身を曝け出しています。しかし、ダンの詩とこの絵解き文が語る新大陸の姿は、驚くほど似てはいないでしょうか。新世界は女性の身体として征服されるのです。

収奪の海／エロスの海

女性の身体に新大陸アメリカを見たダンは、同じ女性の身体をさらに広大な、茫洋たる世界周航の海としても歌いました。「エレジー一八　愛の巡航（Elegy 18: Love's Progress）」と題するその詩の中で、ダンは、美徳や美しい容姿は女性の付随物に過ぎず、女性そのものではないと説き、女性を愛する男はすべからく、ただ一つ、性愛の目的地を目指せと歌います。最後にその船旅を眺めてみましょう。

しかし、その目的地にたどり着こうとして
男たちはたいてい女の顔から旅を始めてしまう、だから道に迷うのだ。
女の髪は罠の仕掛けられた森だ
バネ仕掛けの罠や、手かせ、足かせの罠が潜んでいる。

額が穏やかに広がるときは無風の凪だ、そうなると船は先に進めない
皺がよれば、今度はあっという間に難破だ。
滑らかなときは楽園で、ああ、ずっとそこにいるのも
悪くはないが、皺がよれば、そこがぼくらの墓場となる。
鼻は第一子午線よろしく縦に走るが
その線は東と西の間ではなく、二つの太陽［訳注：目のこと］の間に引かれている。
この子午線は、バラ色の頬の半球二つを
後にして、ぼくらをさらに先へと連れて行く
船はそこで幸運諸島に遭遇するだろう、それは
（カナリア諸島のワインの微香ではなく、神々の酒アンブロシアの芳香が漂うところ）
彼女のふくよかな唇だ。そこまで来たら
錨を下ろし、故郷にたどり着いたような気持ちになってしまう
全てが満たされたように思えるからだ。海の精セイレーンの歌や
デルポイの神託も聞こえてくるではないか。
極上の真珠［訳注：歯のこと］が玉なす入り江には
コバンザメよろしく、吸いついたら離れない彼女の舌も棲んでいる。

それらをふり切り、美しい岬、つまり彼女の顎を
過ぎると、ヘレスポント海峡が待っている
両の乳房はさながら海峡を挟む二つの都市セストスとアビドスだ
(それらは愛の二つの巣であり、伝説の恋人たちのものではない)(5)
この海峡を過ぎると茫洋たる海が広がる、きみの目には
まず、ほくろの島が二つ三つ見えてくるだろう。
そして、最後の目的地、彼女のインドに向けて船を走らせながら
きみは美しい大西洋の臍に立ち寄るだろう。
そこから先は、潮の流れを水先案内として進めばよいが
きみが入港したいと願う場所にたどり着くためには
行く手にもう一つ森［訳注：恥毛のこと］がある
船乗りの多くはそこで難破し、先へ進めなくなってしまう。
そうなったら、よく考えてみることだ
きみの船が獲物を捕りそこねたのは、顔から出発したからだ、と。
(三九－七二行)

この癒し難い所有欲、占有への渇望。今、ダンの海で征服されようとしているのは新大陸アメリカと

しての女性の身体ではなく、東方の国インド（「インド」には中南米のイメージも重なっている）という名の女性の性です。その収奪の風景が、大航海時代の船旅として歌われています。同じ世界周航の船旅ですが、小論冒頭で眺めた魂の旅とは余りに対照的な、エロティックな欲望に満ちた海の風景です。前者は聖職者としての詩人が綴った死と復活への祈り、後者はエロスの詩人が歌い上げるもう一つの死―性のエクスタシー―への讃歌、と便宜的に分類してみることも可能でしょう。しかし、どちらも詩人ジョン・ダンの想像力が眺めた大航海時代の海の風景です。

私たちは敬虔な魂のあとを追いながら世界周航の海に船出し、一六世紀文化革命、一七世紀科学革命をひと巡りして、今また、大洋を行く船旅の風景に還ってきました。大航海時代の冒険者たちを海の向こうに送り出し、未知の新世界へと駆り立てたエネルギーを見届けながら、私たちの船もひとまずこのあたりで錨を下ろすことにします。

注

（1）本論中で引用されている詩の日本語訳は筆者の拙訳に拠るが、岩波文庫所収の湯浅信之氏の訳を参考にした箇所もある。原文はA. J. Smith編のペンギン版ダン全英詩集に拠る。

（2）以下、「病床より我が神に捧げる讃歌」と地図に関する考察はGillies に多く負っている。

（3）以下、図版4の解釈はSawday に負っている。

（4）「斜航線（rumbus）」はポルトガルの数学者ペドロ・ヌネシュ（一五〇二‐七八）による命名。ヌネシュは斜航線が極に向かう螺旋状曲線になることを指摘し、遠洋航海にはこれを直線で表わすことのできる地図が有用であることを示した（山本四六五‐六六頁）。

（5）へーローとレアンドロスの悲恋物語で有名なギリシアの伝説への言及。アビドスの青年レアンドロスは毎夜ヘレスポント海峡を泳ぎ渡り、セストスに住むへーローに会いに行ったが、嵐の夜にへーローの塔の灯火が消えたため、目標の灯を失い溺れ死んだ。

〈参考文献〉

Crooke, Helkia. *Mikrocosmographia* ［In Greek］: *A Description of the Body of Man*. STC 6062.

Freeman, Rosemary. *English Emblem Books*. 1948 rpt. Octagon Books, 1978.

Gillies, John. *Shakespeare and the Geography of Difference*. Cambridge: Cambridge UP, 1994.

Neill, Michael. *Issues of Death: Morality and Identity in English Renaissance Tragedy*. Oxford: Clarendon P, 1997.

Reeves, Eileen. "John Donne and the Oblique Course." *Renaissance Studies*, 7: 2（June 1993）: 168–83.

Sawday, Jonathan. *The Body Emblazoned: Dissection and the Human Body in Renaissance Culture*. London: Routledge, 1995.

Smith, A. J., ed. *John Donne: The Complete English Poems*. 1971 rpt. Harmondsworth: Penguin Books, 1977.

織田武雄『古地図の博物誌』（古今書院、一九九八年）

山本義隆『一六世紀文化革命』全二巻（みすず書房、二〇〇七年）

湯浅信幸編『ジョン・ダン詩集』（岩波書店、一九九五年）

第二章　未知の南方大陸を求めて

——南海に見出された精神の闇——

西山徹

はじめに

南半球には北半球の大陸に匹敵する大陸があるはずだ。古代ヨーロッパ人が抱いた、この「未知の南方大陸」（テラ・アウストラリス・インコグニタ、Terra Australis Incognita）の想定は近代にも引き継がれました。画期的な近代的世界地図帳であるオルテリウス（Abraham Ortelius）の『世界の舞台』（一五七〇年）に載せられた世界地図（図1）にも、「未知の南方大陸」が書き込まれています。北半球にある陸地と釣り合いをとるために、南半球にはこれだけ広大な大陸があるはずだと考えられていたわけです。近代に入ると、ヨーロッパの有力な国々にとってこの南方大陸の発見は重要課題となっていました。発見航海事業の先進国であったスペインとポルトガルは両国の間で条約を結び、一六世紀前半には世界を二分割して独占する体制を敷いていました。そこではポルトガルがアジアやアフリカを支配し、スペインが南北アメリカを支配するということになっていたのです。出遅れた他のヨーロッパの国、例えばオランダやイギリスは、新しい土地を発見してその土地の領有権を宣言し、スペインやポルトガルの独占体制を崩していかなければなりませんでした。その際に、中心的舞台の一つとなったのは、当時「南海」と呼ばれた太平洋でした。太平洋のことを「南の海」と呼ぶのは、一五一三年にスペインの探検家バルボア（Vasco Núñez de Balboa）がパナマ海峡を初めて横断し、南方に太平

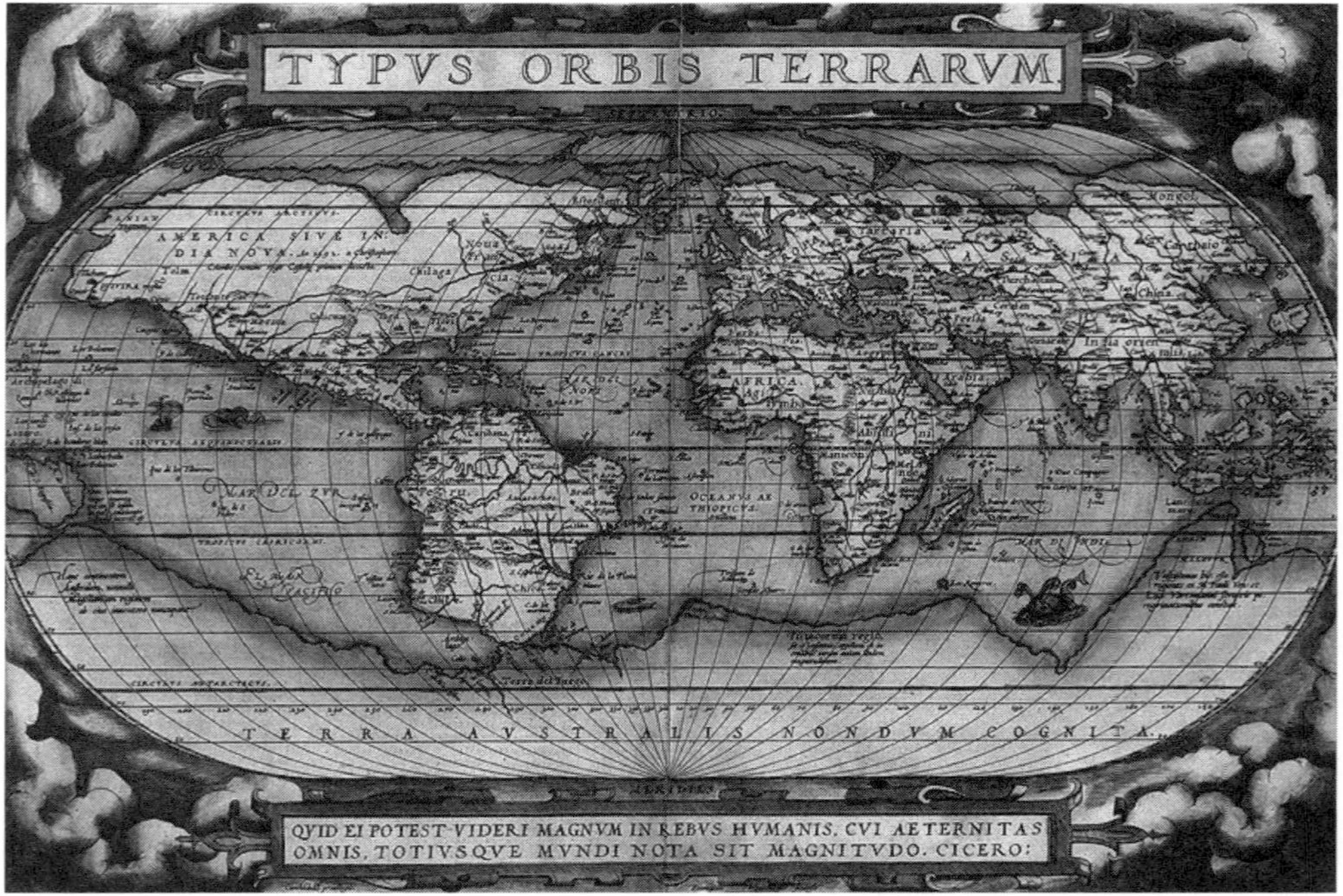

図1　オルテリウスの世界図（1570年）

南半球に巨大な大陸が書き込まれているのがわかる。

出典：Abraham Ortelius, *Theatrum Orbis Terrarum*. Antwerp, 1570.

図2　ハーマン・モルの東インド地図（1697年）

オーストラリアの部分にはNew Holland or Terra Australis Incognitaと書かれている。

出典：Glyndwr Williams and Alan Frost eds., *Terra Australis to Australia* (New York: Oxford University Press, 1988), 125.

洋を発見したことに由来します。そのときからパナマの北側の海、つまりカリブ海から大西洋にかけての海は「北の海」、パナマの南側に広がる太平洋は「南の海」と呼ばれるようになったのです。多くの発見航海がこの南海に向けて行われたのは、オーストラリア周辺は当時南半球の中で最も不明確な地域であり、図2のハーマン・モル（Herman Moll）が作成した一六九七年の地図にも見られるように、ニュー・ホランド、つまりオーストラリアは「未知の南方大陸」の一部であると考えられていたからです。

　土地の領有宣言の際に重要な役割を果たしたのが旅行記や航海記でした。発見航海の時代における航海記の出版には、航海の詳細を記すことによって領土発見が事実であることを主張し、新しい土地の領有を内外に宣言するという意義があったのです。そしてその航海記はまた、航海者や探検家の活動を偉業として描き、彼らを英雄化することによって、領土拡大のための新たなる航海を促進するという役割も果たしていました。イギリスでは一六世紀末から一七世紀初めにかけて二つの有名な航海記集大成が出版されています。リチャード・ハクルート（Richard Hakluyt）の『イギリス国民の主要な航海、旅行、発見』（一五八九年、増補版一五九八‐一六〇〇年）とサミュエル・パーチャス（Samuel Purchas）の『ハクルート遺稿集―パーチャスの巡礼』（一六二五年）です。例えばイギリス人最初の世界周航者とされるフランシス・ドレイク（Francis Drake）の航海の記録も、このハクルートの旅行記集成に収録されています。これらの航海記集成は、海外におけるより大きな帝国の創造のプロパガンダ的弁護であり、領土拡大を刺激するという明白な目的を持っていました。地理学者ボイス・ペンローズの言葉を借りれば、それらは正に「エリザベス時代における領土拡大の偉大な散文叙事詩」でした。叙事詩は古代の国家創世記の英雄の偉業を高揚した調子の詩で語りますが、それと同じように、近代の航海記はフランシス・ドレイク、マーティン・フロビッシャー（Martin Frobisher）、ウォルター・ローリー（Walter Raleigh）といった航海者たちを国家的英雄として謳いあげたのです。

本章では、一七、一八世紀ヨーロッパ、特にイギリスにおける「未知の南方大陸」に関する記述を、精神文化史的な面から考察し、その特質を明らかにしたいと思います。そこからわかってくるのは、地理上の未知の領域を探索することは、人間の精神の奥底を探索することでもあったということです。

人間が小さな宇宙世界であるとすれば、世界を探ることは人間を探ることでもあったからです。

一　一七世紀の南方大陸像

キロスの南方大陸

一七世紀以降の南方大陸像に最も鮮烈な印象を提供したのは、ポルトガル人の航海家ペドロ・フェルナンデス・デ・キロス（Pedro Fernández de Quirós）の航海とその記述でした。一六〇五年末、キロスはスペインの植民地探索のため船団を組んでペルーから南海に乗り出しました。一六〇六年五月一日、ある島に上陸したキロスは、そこを「未知の南方大陸」の一部と信じ、「精霊の宿る南方の地」と名づけて、国王フェリペ三世の名のもとに領有宣言を行い、植民地「ニュー・エルサレム」の建設に取りかかりました。しかし、数週間の滞在ののち、何らかの理由で、大部分の遠征隊員を島においたままキロスの船だけがペルーに帰ってしまいます。キロスが単独でスペインに帰ったのは、遠征隊員の間で反乱が起こったせいだとされていますが、キロスのいささか狂気じみた理想に誰もついていけなかったというのが真相ではないかと思われます。それが証拠にキロスの去った後、理想的植民地建設は打ち捨てられてしまい、残された乗組員たちは副官であったルイス・バエス・デ・トレス（Luis Váez de Torres）の指揮の下で航海を続け、ニュー・ギニアとオーストラリアの間の海峡を通ってフィリピンの方に抜けます。この副官の名は今でも「トレス海峡」として残っています。一方、キロスの方はスペインに帰り、フェリペ三世に向けて多くの請願書を提出して南海への航海に対する新たな援助を願い出ていました。その請願書の一つは英訳され、『未知の南方大陸—南方での新しい発見』というタイトルで一六一七年にロンドンでも出版されています。そこでは、南方大陸は、果物、肉類、魚貝類などの食料が豊富で、金銀などの資源もあり、さほど危険な先住民もいないので、植民地にするにはうってつけの土地であるという主張がなされています。キロスは、未知の南方大陸を「地上の楽園」として美化することによって国王に援助を要請したわけです。しかし、結局、提出された五〇通にのぼる請願書は取り上げられることなく、キロスは失意のうちに一六一五年に世を去ります。キロスがあまり信用されなかったのは、彼の行動が奇異であったからだけではなく、彼の南方大陸の記述にも誇大妄想的なものが見られたからではないかと思われます。実際、キロスの上陸した島は南方大陸の一部でもオーストラリアの一部でもなく、後にジェームズ・クック（James Cook）がニュー・ヘブリディーズ（New Hebrides、現在はバヌアツ Vanuatu 共和国）と命名することになる島々の一つに過ぎませんでした。しかし、キロスの描写はその後長い間、「地上の楽園」としての南方大陸のイメージを定着させ、ヨーロッパ人を南方大陸探索に駆り立てる原動力となったのです。

ベイコンのユートピア

イギリスの哲学者フランシス・ベイコン（Francis Bacon）が『ニュー・アトランティス』（一六二七年）において、南海の真ん中に文明の進んだユートピア的理想国家を置いたのは、キロスのもたらしたヨーロッパの対蹠地《たいせきち》（地球上の反対側の地）の描写に刺激されてのことにちがいありません。実際、この作品の航海者たちは、キロスと同じようにペルーから太平洋に乗り出すのです。南海経由で中国と日本に行こうとした彼らは、嵐に流されて難破し、海を漂って、最終的には、太平洋にある陸地に上陸します。そこにあったのは、イギリスよりはるかに文明の進んだ国家であり、この作品は未完ながらもこの理想国家の政治、歴史、文化などを説明しています。ベイコンは、南の大陸を地上の楽園と考える見方をさらに進めて、ヨーロッパの国々より進化した、理性によって支配される理想の国をそこに見出したのです。

ベイコンのユートピアの中心となるのは「サロモン学院」という名の科学研究機関ですが、この学院の目的は次のように書かれています。

本学院の目的は、事の原因と、物の隠された動きを知ること、および人間の帝国の限界を広げて可能なことをすべて実現することである。(1)

図3　ベイコンの『大革新』の表紙絵（1620年）

「ヘラクレスの柱」から二隻の船が大海原に漕ぎ出している。

出典：Francis Bacon, *Instauratio Magna*（London, 1620）.

世界、あるいは自然というものは、犯すべからざる神秘的な存在ではなく、人間の力によって解明し、支配することができるものである、とベイコンがとらえていたことが、ここからもわかります。そして、彼にとって人間とは知識を獲得することによって自然支配の範囲を拡大していく動的な存在なのです。ベイコンは『ニュー・アトランティス』において、領土拡大を続けるヨーロッパの学問文化をさらに発展拡大させうる人間の能力の可能性を南方大陸に見出したのです。

ベイコンの『大革新』（一六二〇年）の表紙絵には、二本の柱の間を越えて大海原へと漕ぎ出す二隻の船の旅立ちが描かれています（図3）。この柱は「ヘラクレスの柱」と呼ばれるもので、地中海の最西端ジブラルタル海峡の両側にある二つの岩を表わしています。古代においてはここが航海の限界であり、ヨーロッパ世界の果てと考えられていたわけです。中央に見える船の下には「多くのものが行き来して知識が増すだろう」という聖書ダニエル書第一二章四節からの言葉が書き込まれています。

ベイコンのこの『大革新』は、古代の学問が自らの限界として設け、それを越えようとしなかった「運命の柱」としての「ヘラクレスの柱」を越えて学問を発展させようという宣言でした。この表紙絵は、航海の進歩と人間の知識の発達との結びつきを図示して近代の知の勝利を謳いあげているのです。

オランダ人航海家たち

一方、一七世紀前半には、現実においても、南方大陸の探索航海が熱心に行われていました。オーストラリアの旧名である「ニュー・ホランド」（New Holland）つまり「新しいオランダ」の名が示すように、最初にオーストラリアを発見したと宣言したのはオランダ人でした。南海とオーストラリアのことを考えるときオランダ人の存在は無視できないのです。一六二八年に出版されたヘッセル・ヘルリッツ（Hessel Gerritsz）の地図（図4）は、一七一〇年代および二〇年代のオーストラリア方面でのオランダ人の発見を示しています。ここではオランダ人が発見もしくは上陸した海岸をつなげて、オーストラリアの西海岸および南海岸の海岸線が明確に地図化されています。小さくて見にくいのですが、オーストラリア南西の半島上に書かれた「レーウィン」（Leeuwin）はオランダ船の名前であり、南海岸沿いに書かれた「P・ノイツの地」（Land van P. Nuyts）はオランダ人探検家ピーテル・ノイツ（Pieter Nuyts）に由来します。地図というのは単に地理学上の発見を記録する書類ではなく、領土を正式に領有したことを示すための政治的出版物です。地図の上には発見者の名前や発見者に関係した

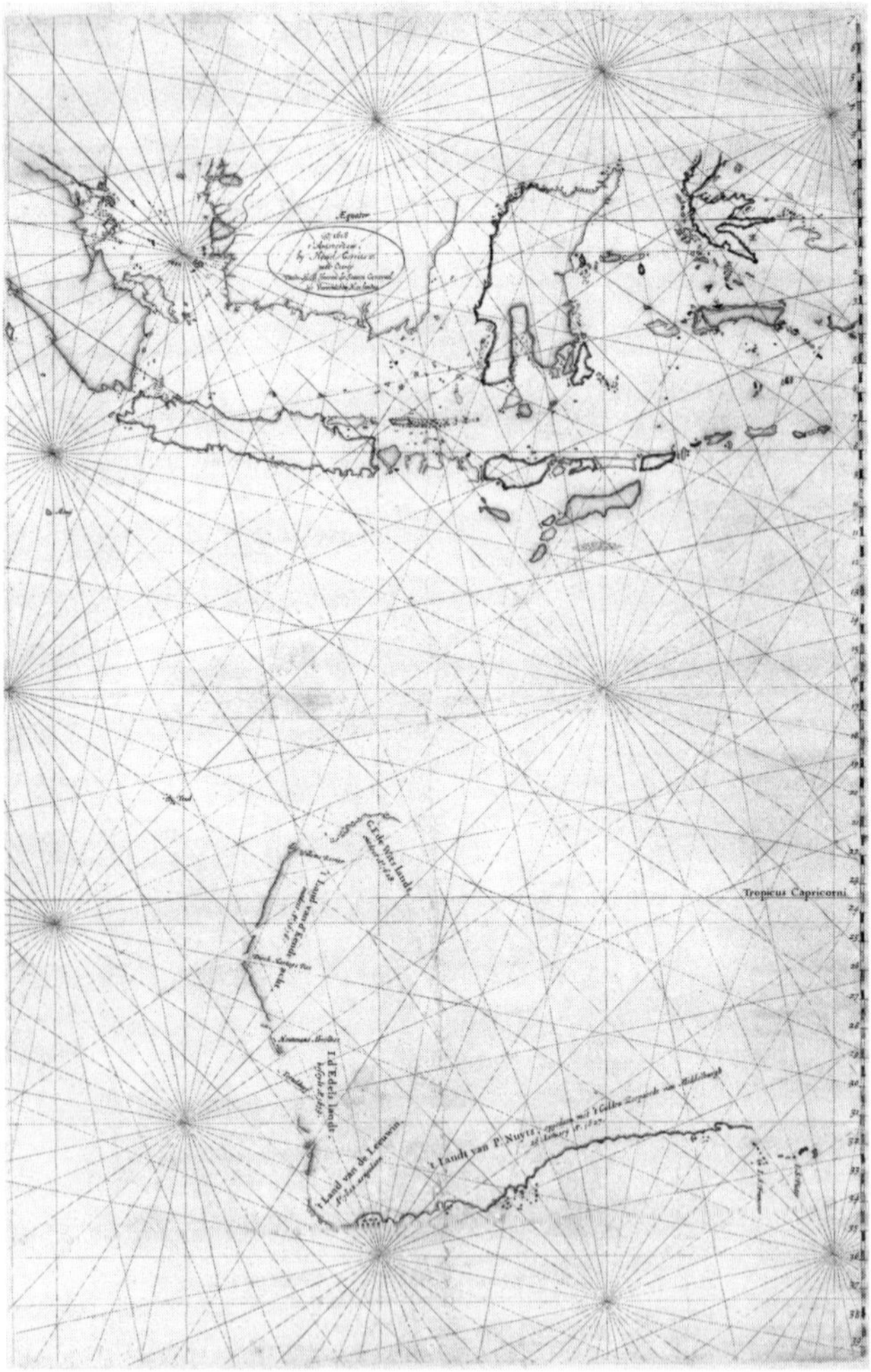

図４　17世紀初期のオランダ人のオーストラリア発見（1628年）

オランダ人の発見した西海岸および南海岸の海岸線が繋がれてオーストラリアの形の一部が浮かび上がってくる。

出典：Williams and Frost, 92.

名前、例えば船の名前とか、権力者の名前などが、このように刻印されたのです。

この地域を探検航海したオランダ人の中で最も重要なのはアベル・ヤンスゾーン・タスマン（Abel Janszoon Tasman）です。彼の名はオーストラリアの南にある島タスマニアに残されています。一六四二年、タスマンはインド洋を東から西へと横断し、オーストラリアの南側を通ってタスマニアの南海岸を発見しました。そしてオランダ東インド会社の総督アントニー・ファン・ディーメンの名をとってタスマンはその島を「ファン（ヴァン）・ディーメンズ・ランド」（Van Diemen's Land）と名づけたのです。さらに東へと航海を続けたタスマンは、もうひとつの陸地にたどり着き、これこそ未知の南方大陸の一部であると考えました。それは現在のニュー・ジーランドの南島の北端で、ニュー・ジーランドという名は、オランダの一地方ジーラントの名をとったものです。ここでタスマンは先住民と出会い、彼らと戦う羽目になりました。その結果四人の部下が殺され、タスマンは退却せざるを得なくなります。タスマンの航海はオーストラリアが大きな島であることを事実上証明していたのですが、彼は二回目の航海でもオーストラリア東海岸を発見することはできず、結局この地域の地形は不明なままだったのです。

オランダ東インド会社は、タスマンの航海の結果に失望し、次第にニュー・ホランドに対する興味を失っていきます。タスマンが発見したどの海岸も荒地であり、またその裸の住民も貧しく野蛮であったので、それ以上探索しようという気持ちを萎えさせたのです。地理学者ピーター・ウィットフィールドは「新しい南の土地が「ニュー・ホランド」として知られるようになったのは、（オランダにとって）皮肉にも、その地の不毛さが証明された後のことである」と言っています。

二　地図上の空白

空白のニュー・ホランド

図5は、一六六三年、すなわちタスマンの航海後のオーストラリア周辺を示す地図です。前に挙げた図4と比べると、ニュー・ホランドの北海岸、ヴァン・ディーメンズ・ランドの南海岸、それにニュー・ジーランドの西海岸が書き加えられているのがわかると思います。しかしこの図5を次の図6と比較してみてください。図6はフランス人ルイ・ドゥ・ブーガンヴィル（Louis de Bougainville）の一七七一年の航海の道筋を示した地図です。この一六六三年と一七七一年の二つの地図を比べると、一〇〇年以上の間、ニュー・ホランド周辺では実質上ほとんど新しい発見がなされていないことがわかります。どちらの地図にも、ニュー・ホランドの東海岸の海岸線は引かれていませんし、ヴァン・ディーメンズ・ランドやニュー・ジーランドが独立した島なのか、それとも南方大陸と繋がっているのか不明なままです。

一七世紀末から一八世紀初頭のイギリスで最も有名な探検家の一人は、ウィリアム・ダンピア

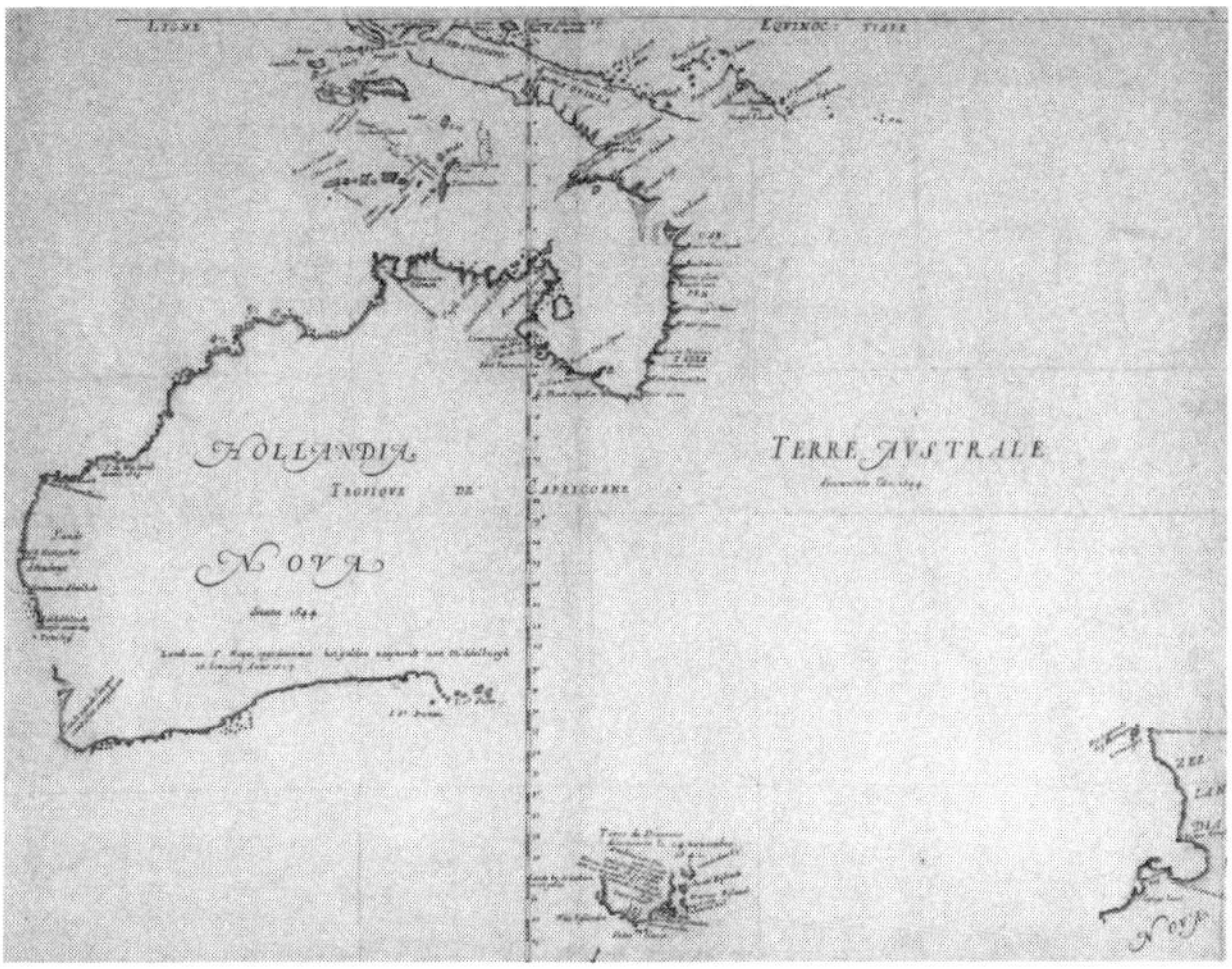

図5　タスマンの航海後のオーストラリア（1663年）

図4と比べるとオーストラリア北岸、タスマニアの南岸、ニュージーランドの西岸が書き加わっているのがわかる。

出典：Williams and Frost, 121.

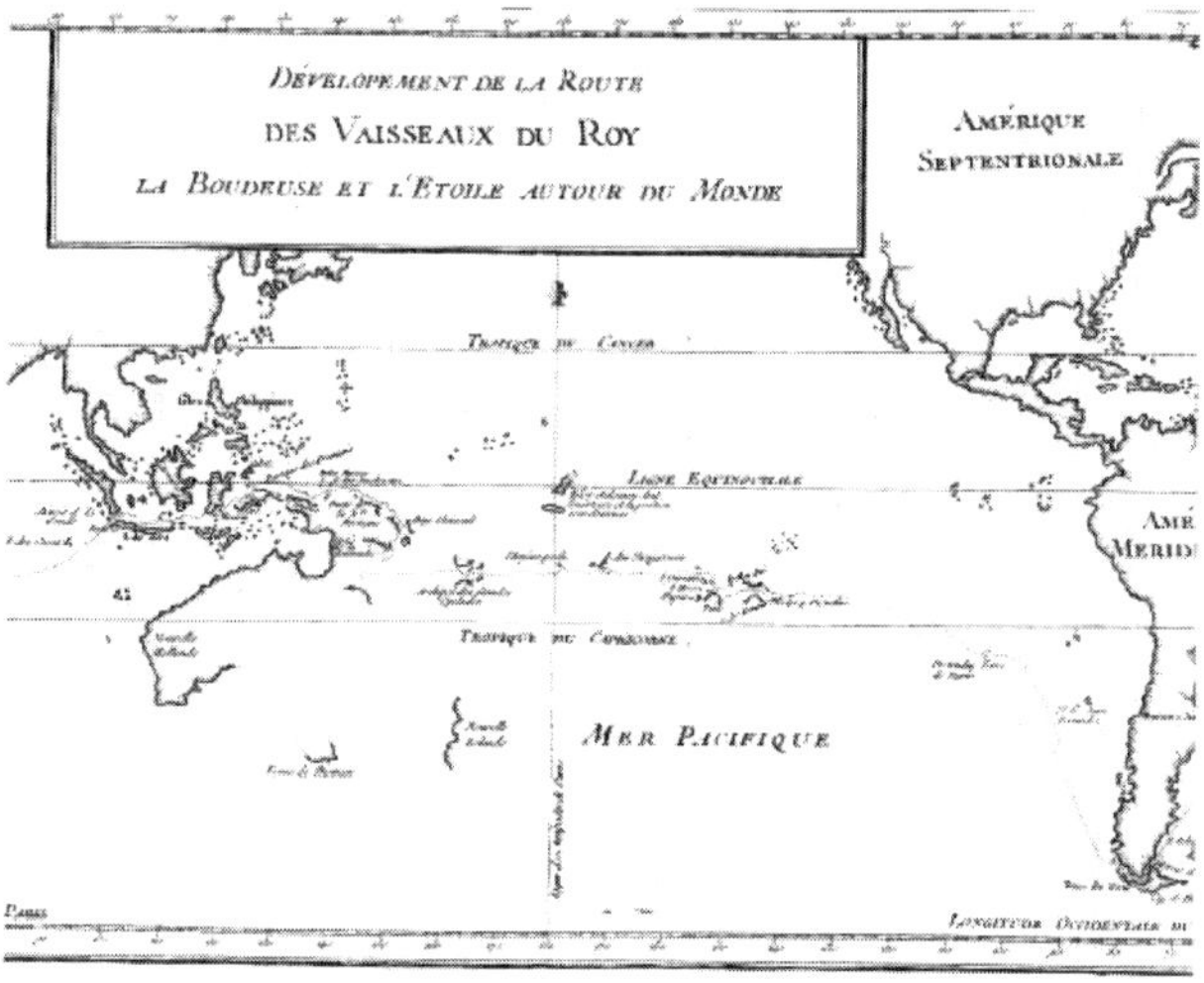

図6　ルイ・ドゥ・ブーガンヴィルの航路（1771年）

図5から100年以上たっているにもかかわらず、オーストラリア周辺の発見はほとんど書き加えられていない。

出典：Peter Whitefield, *New Found Lands: Maps in the History of Exploration*（London: The British Library, 1998), 123.

（William Dampier）という人物です。ダンピアが一六九七年に出版した旅行記『新世界周航記』は当時のベストセラーでした。このダンピアもまた南海への航海を行い、その航海を記録した航海記『ニュー・ホランドへの航海』（一七〇三－九年）という本を出版します。それによれば、彼はオーストラリアの西海岸に上陸したものの、その後チモールに向けた航路を取り、ニュー・ホランドの奥地へ入っていくことは避けました。この書の中でダンピアは、ニュー・ホランドは荒涼としたさびしい場所であり、住民は貧しい生活をしていて非友好的である、と報告しています。このような見方は、ニュー・ホランドにオランダ東インド会社の基地を設立する意義を認めなかったタスマンのものと一致していて、ダンピアの観察はオランダ人の見方を裏書きする結果となったわけです。ダンピアがニュー・ホランドの地図に付け加えたことはほとんどなく、一八世紀後半にジェイムズ・クックの航海によって東海岸が明らかになるまで、オーストラリアは未知の地であり続け、地図上の空白部分のままだったわけです。

最終的にその地図上の空白を埋めたジェームズ・クックについては、原田範行氏担当の次章に詳しく書かれていますので、そちらに任せたいと思います。ここでは、クックが行なった計三回の航海のうち、最初の二回の航海によって、「南方大陸」というものが存在せず、ニュー・ホランドつまりオーストラリアは独立した大きな島であることがわかったということを確認するだけで済ませたいと思います。図7はクックの航海後のオーストラリアの地図です。西海岸を発見したのはオランダ人なの

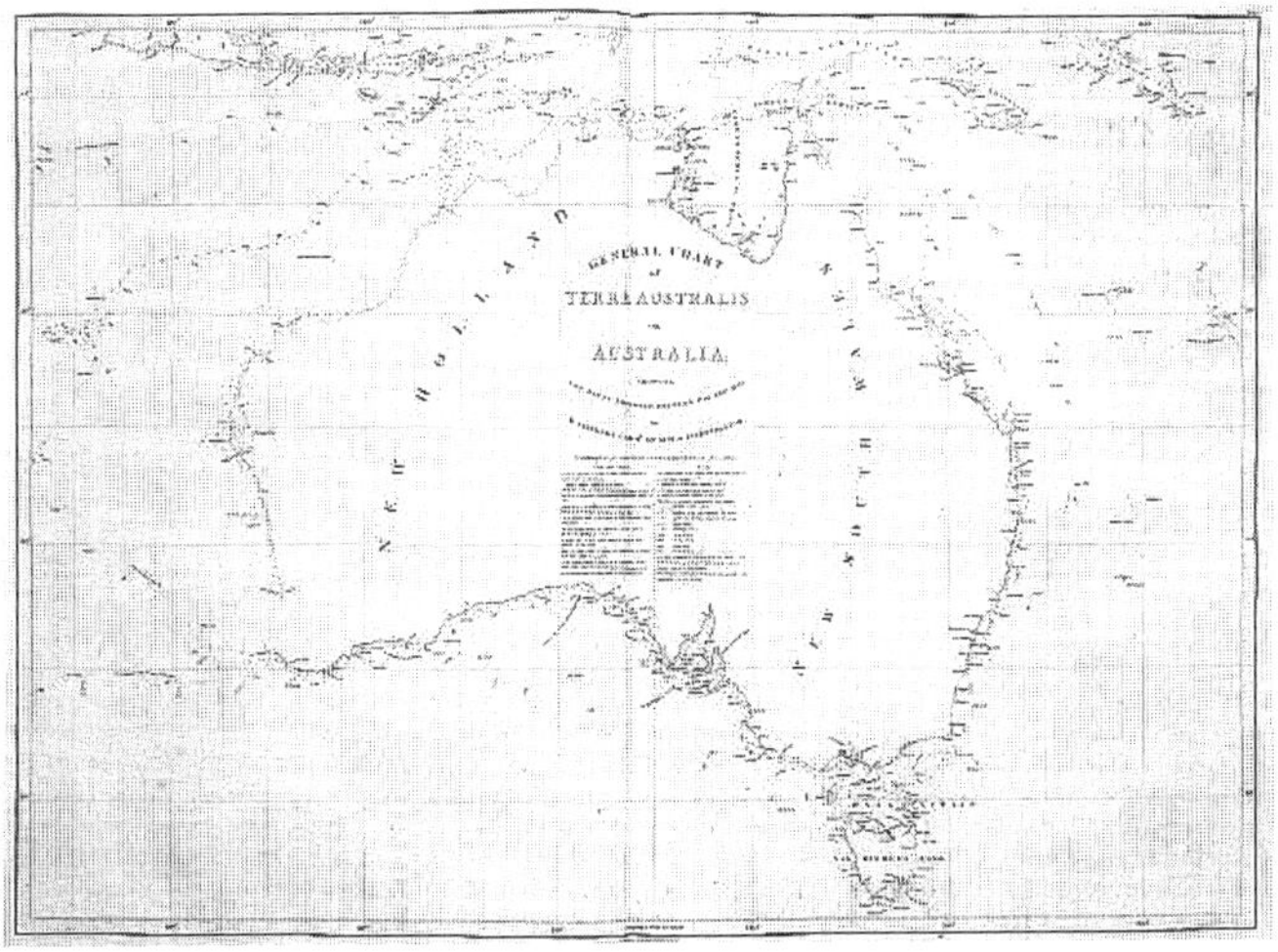

図7　クックの航海後のオーストラリア（1814年）

東海岸が書き加えられ、オーストラリアがほぼ現在認められているような形になっている。左側にはNew Holland、右側にはNew South Walesと書き込まれている。

出典：Whitefield, *New Found Lands*, 125.

で左側には「ニュー・ホランド」と書かれ、イギリス人クックが発見した右半分には、イギリス一地方の名をとって「ニュー・サウス・ウェールズ」と書かれています。

空白をうめる

これまでみてきましたように、地図はその地図が描かれる時点までに発見された地理的事実を示し、その領有を宣言するものでした。しかし、地図製作はそのような政治的活動であると同時に、世界を理解しようという精神的活動でもあったのです。地図は地図製作者の世界観を視覚化したものであり、そこには地図製作者の属する社会のもっている世界認識のみならず、世界を意のままに支配したいというその社会や国家の欲望が反映されています。地図上の空白はその部分を支配できないことを示して人々の欲望をそそります。地図製作は拡大の原理に基づく行動であり、地図は、地図を読む者に空白を埋め、支配地域を拡大することを促すのです。

このような地図上の空白の誘惑を一九世紀から二〇世紀にかけての作家ジョウゼフ・コンラッド（Joseph Conrad）は『闇の奥』（一九〇二年）の中でうまく説明しています。この小説の主人公マーロウは地図の魅力について次のように語ります。

僕は小さいころ、地図が大好きだったんだ。何時間も、南アメリカやアフリカやオーストラリアなんかを眺めて探検旅行の輝かしさのことを考え、我を忘れたものさ。そのころは地球上には多くの空白部分があって、地図上の特に魅力的な空白部分（全部魅力的だったんだが）が目に入ると、その上に指をおいて、大きくなったらここへ行くんだと言ったものだ。（Conrad, 142）

船乗りとなったマーロウは、子供時代の夢を実現させて暗黒の地と呼ばれたアフリカの「闇の奥」へ入っていくことになります。同じように、一七、一八世紀のヨーロッパ人は、南海の空白地域に引き付けられ、想像力を刺激されたのです。人々を「未知の南方大陸」探索に駆り立てたのはこのような誘惑に違いありません。

人間は、見えないものを想像力によって見て、未知の部分を埋めようとするものです。昔の地図には、しばしば未知の部分には、怪物が描かれていたり、想像上の野蛮人が書き込まれていたりします。『闇の奥』にもありますように、空白というものは、人間の想像力を激しくかき立てるものなのです。一七世紀から一八世紀にかけて空白のままであったオーストラリア周辺の空白地域、つまり南海は、しばしば、想像上の航海の目的地となります。現実の航海が行なわれない分は、想像上の航海によって補われていたのです。

補うヘイリン

ベイコンは『学問の進歩』（一六〇五年）の中で、「宇宙世界誌《コスモグラフィー》」という学問分野が、近代に入って飛躍的に進歩したと指摘しています。「宇宙世界誌」（Cosmography）とは、天体と地球両方の一般的特徴を研究する当時の学問分野で、今で言う天文学と地理学が合わさったようなものです。ヨーロッパの対蹠地についての古代人の知識は論証による推測の域を超えなかったが、近代人は地球を半周するだけで現実にそこへ行けるのだから、より明晰な世界像を記述することができるようになったのだ、とベイコンは近代人としての自負を見せて言うのです。この宇宙世界誌の分野において、一七世紀イギリスでよく知られ版を重ねたものにピーター・ヘイリン（Peter Heylyn）の『宇宙世界誌』（一六五二年）があります。この書は世界中の地域の地勢や歴史を記した世界地誌で、それぞれの国がどのような土地で、どんな民族が住んでいるのかというような情報が、多少の誤謬を含んではいるものの、文献に基づいて事実を追う形で掲載されています。日本に関しても、地勢、歴史、政治状況、日本人の特質などが解説されていて、織田信長や豊臣秀吉についての記述もあり、秀吉が大陸に出兵したことまで書かれています。

このヘイリンの書の第二版（一六五七年）には、「世界の知られざる地域、特に未知の南方大陸の発見のための補遺」という一文が添付されていて、そこでは、南方大陸はヨーロッパ、アジア、アフリカと同じくらい大きな陸地であるという想定のもとに、その探索と発見の歴史が書かれています。ここで描き出される南方大陸像は、凍結や常冬といった困難から解放された楽園として明らかにユートピア的な様相を帯びています。前に述べたキロスの航海も大きく取り上げられていますが、ヘイリンの記述が先ほど挙げたキロスの請願書に基づいていることは用語の点などから明らかであり、ここでもキロスの定着させたイメージは繰り返され、南方大陸が地上の楽園であることが強調されているのです。

しかし、ヘイリンの南方大陸像はユートピア的であると同時に、どこかアイロニカルでもあります。ヘイリンは南方大陸探索を理想追求的かつ禁欲的な響きを持った「騎士の遍歴」にたとえて語り始めながら、「確かなのは、ここには貪欲さや野心や名誉心がその力を注ぐに足る巨大な場があり、それは帝国、富、世俗的快楽に対する最も激しい渇望を十分に満たしてくれるものであるということだ」

（Heylyn, 1091）と、貪欲さや野心、それに支配欲や性欲といった世俗的な欲望を満たす受け皿としてのこの地の潜在力を断言しているからです。

南海方面で現実に発見され、命名されたとされる土地の名前の一覧をあげて説明したヘイリンは、しかし、これらの土地に関して確実なのはその名前の一覧表だけで、その実態についてはほとんど何もわかっていないのにそれらは南方大陸にあるとされるのだから、思い切って、次にあげるような地域も南方大陸にあるものと考えてもいいのではないか、と話の方向を変えていきます。そして、それらはこの大陸にないのなら、「どこにもない」（no-where）のだ、と言って、(1)ホールの「別の同じ世界」、(2)モアの「ユートピア」、(3)ベイコンの「ニュー・アトランティス」、(4)スペンサーの「妖精の国」、(5)ローリーの「地図画家の妻の島」、(6)「騎士道の国」、(7)ルキアノスの「月の新世界」という七つの架空の地を列挙します。ヘイリンは正に想像上の航海によって現実の空白を補うのです。最初に挙げられた『別の同じ世界』（*Mundus Alter et Idem*, 一六〇五年）は、ノリッジ主教にもなった聖職者ジョゼフ・ホール（Joseph Hall）が書いた風刺作品で、「メルクリウス・ブリタニクス」（Mercurius Britannicus）という寓意的な名を持った主人公が南方大陸にある四つの地域を旅する架空の渡航記です。そこでは大食大飲の国、女の国、愚者の国、盗人の国などの反ユートピア的世界が展開され、『ガリヴァー旅行記』のような作品の先駆と言えます。ヘイリンの架空の地のリストのうち、(2)、(3)、(4)はお馴染みのものだと思います。(5)の「地図画家の妻の島」というのは、サー・ウォルター・ローリーが『世界の歴史』（一六一四年）の中で紹介しているスペイン人捕虜との問答の中に出てきます。地図に描かれたマゼラン海峡上のある島のことを尋ねると、そのスペイン人は「それは地図画家の妻の島というものですよ。地図を描いているときに横に座っていた妻に、私のためにも一つ島を描いてよ、と頼まれた画家が勝手に描き入れたのですよ」と言ったというのです。(6)の「騎士道の国」はもちろんドン・キホーテの頭の中にある世界であり、これによって南方大陸の虚構性ばかりでなく、その愚者性も暗示されます。最後の「月の新世界」の解説にいたっては、「この地球が惑星であることを証明するための努力がなされているくらいだから、この南方大陸というのは、別世界があるとされる惑星、つまりは月世界であると言ってもいいのではないか」（Heylyn, 1095）と書かれていて、ここでは筆者が月に憑かれた《ルナティックな》愚者を演じていることが明らかになってきます。ヘイリンの著作は、南方大陸を架空の地と結び付けてその虚構性を匂わせるだけでなく、この大陸と人間の精神の狂気との結びつきをも暗示するのです。

三　世界に人間の精神を重ねる

道化帽の世界地図

地理に人間の精神を投影することは図像的にも見られたことでした。地図学者ウィットフィールドは、地図は客観的なものではないとして、地図には地図製作者およびその背後の社会の主観が投影されており、そこには「外面的世界と内面的世界」の両方が現れると指摘しています。例えば、擬円錐的な形に地表を投影する方法は、しばしばハート型の世界を再現します（図8）が、このように世界を心臓の形で描写することは、「人間と世界が一体であるという象徴」をつくり出し、「内面的領域と外面的領域との一致、個人と宇宙との一致」を暗示するのではないかとウィットフィールドは言うのです。

このような人間の精神と世界の一致は一六世紀末に「エピクトニウス・コスモポリテス」（Epichthonius Cosmopolites）という仮名の画家によって描かれた道化帽の世界図（図9）に如実に現れています。道化の顔の上には世界地図がはめ込まれていて、絵の上部に書かれた「汝自身を知れ」（nosce te ipsum）という言葉によって世界と人間の精神の一体性が強調され、道化の帽子の上に書かれた「つける薬が必要な頭」（Caput elleboro dignum）という言葉は狂気を示しています。不気味に笑う道化の口の部分に広がるのは未知の南方大陸です。ロバート・バートン（Robert Burton）の『憂鬱の解剖』（一六二一年）は、聖ヒエロニムスの言葉に重ねてこの絵に言及しています。世界を高みから見下ろす聖ヒエロニムスは次のように語るのです。

全世界は狂っていて、憂鬱症にかかっており、愚かで、（近年エピクトニウス・コスモポリテス

図8　ハート型の世界図（1530年）

人間の精神と世界の一致を暗示している。

出典：ピーター・ウィットフィールド『世界図の歴史』（ミュージアム図書、1997年）、57頁。

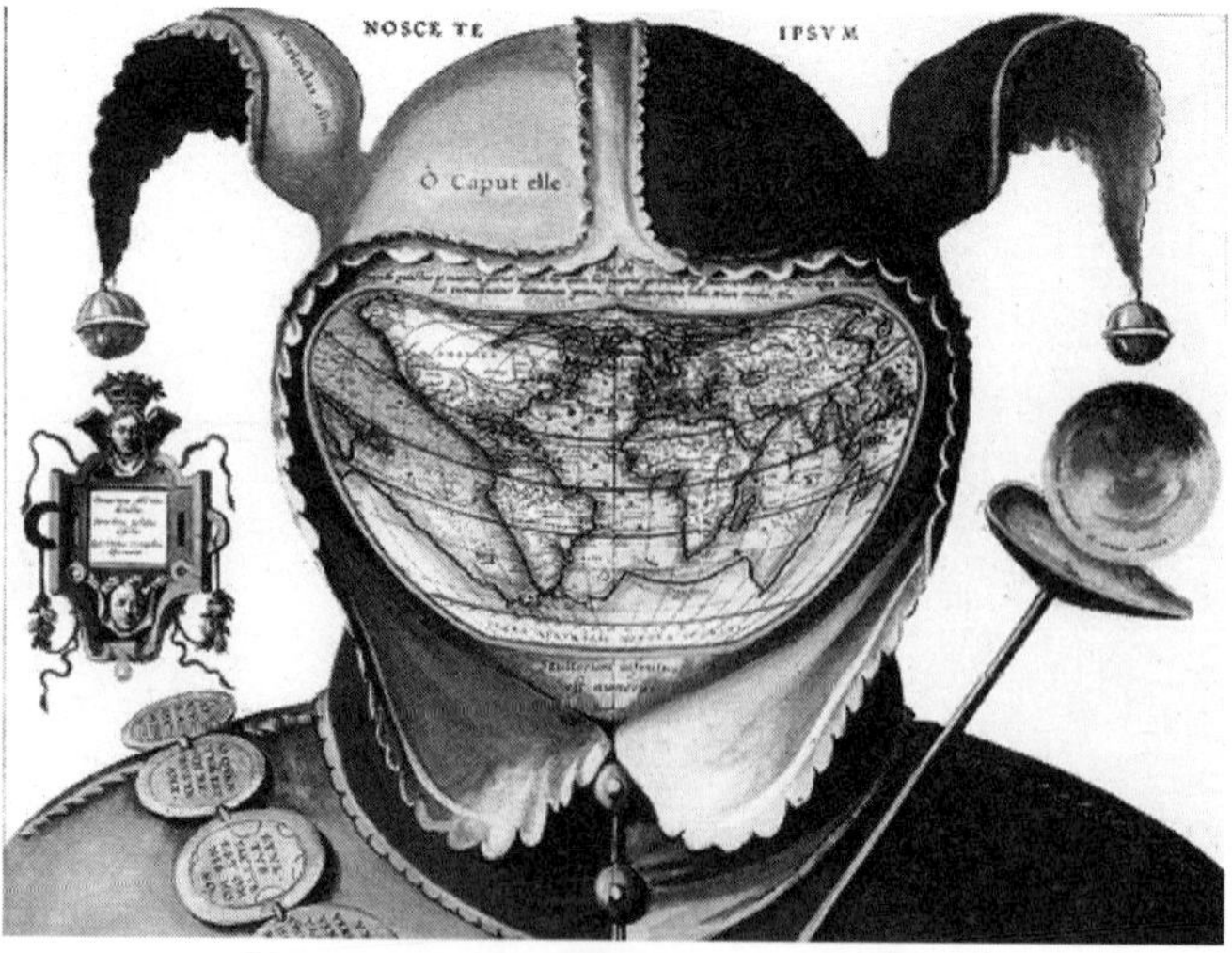

図9　道化帽の世界図（1590年頃）

道化の顔の中に世界地図が埋め込まれている。絵の上部には「汝自身を知れ」、帽子の頭の部分には「つける薬が必要な頭」と書かれている。

出典：ウィットフィールド『世界図の歴史』、78-79頁。

が地図に描いたように）道化の頭（そこには「つける薬が必要な頭」という言葉が添えられている）のようであり、発狂した頭、馬鹿の収容所、愚者の楽園であり、アポロニウスが言うように、間抜けと詐欺師とへつらう者等が詰め込まれた監獄であり、作り直す必要があるのだ。

（Burton, 24）

ここでも世界は狂気と結び付けられていて、「ヘラクレスの柱」の向こうにあるのはお馴染みの道化的世界であることが暗示されています。

内面化されたテラ・インコグニタ

地理上の「未知の領域」（テラ・インコグニタ）を、隠喩的に精神における「未知の領域」と重ね合わせることは別に珍しいことではありませんでした。フランスのモラリスト、ラ・ロシュフコー（La Roshefoucauld）の『箴言集』（一六六五年）は「我々の美徳は、ほとんどの場合、偽装した悪徳に過ぎない」ということを微に入り細にわたって説いていく実に不愉快な本ですが、そこでは自己愛について、「未知の土地」（des terres inconnues）という言葉を使って次のように述べられています。

自己愛の国で人が発見したことがどれほどあるにしても、まだそこには未知の土地がたくさん残っている。

（La Roshefoucauld, 285）

バーナード・マンデヴィル（Bernard Mandeville）は『蜂の寓話』（一七一四年）において、このラ・ロシュフコーの箴言を引用しながら人間の「情念」の探求の必要性について次のように述べています。

情念の出所とその力を人に説明することにどのような不道徳性があるのか私にはわからない。情念というのはしばしば、自分自身にもわからないうちに、人を急に理性から引き離してしまうからである。自分自身に対して、そして自己愛が仕掛けて来る秘策に対して用心させ、情念に打ち勝ったことからくる行動とある情念が他の情念よりも勝っていたからに過ぎない行動の違い、つまり本当の美徳と偽りの美徳の区別を人に教えることがどうして不敬にあたるのか、私にはわからないのだ。ある立派な聖職者が見事に言ったところによると「自己愛の国で人が発見したことがどれほどあるにしても、まだそこには未知の土地がたくさん残っている」のである。

（Mandeville, 229-30）

マンデヴィルが探ろうと言う「情念」（passion）とは、一般的には、感情、激情、熱情、欲情などを意味し、意志の働きなしで、精神の中に起こってくる強烈な感情のことを指します。具体的には愛、欲望、情欲、憎しみ、怒り、恐怖、嘆き、悲しみ、喜びなどの強烈なもののことで、情念はしばしば獣性と結び付けられます。フランスの哲学者デカルトが『情念論』（一六四九年）という著作を書いていることからもわかるように、一七、一八世紀ヨーロッパにおいては情念の扱い方は大いに問題視されていたのです。この情念とは正反対の性質をもった人間の能力が「理性」（reason）であり、理性は感性的欲求や感情に左右されず思慮的に行動する能力のことです。理性は古来より、人間と動物とを区別するものとされます。

一八世紀に入ってこの情念の問題に包括的な考察を加え決着をつけることになるのはスコットランド啓蒙思想家、特にデヴィッド・ヒューム（David Hume）ですが、そのヒュームは『人性論』（一七四〇年）において、人間精神に分け入って情念の探索に乗り出す自分を、苦難を乗り越える航海者にたとえています。

> 自分はまるで、多くの浅瀬に乗り上げ、狭い入り江を通過して難破しそうになりながら、雨風にさらされた水の漏る船でむこうみずにも海に乗り出し、危険な状況の下でもこの地球を巡ろうという野心に駆られる男のようだ。（Hume, 263–64）

ヒュームはこのように述べて人間の情念の分析にはいっていくのです。ここでは人間の精神における未知の領域である情念を探ることは苦難に満ちた航海になぞらえられていますが、心の中の未知の部分、特に情念を「テラ・インコグニタ」と呼び、それを探ることを航海の比喩で語ることはしばしば行なわれたことでした。したがって逆に地理上の未知の領域への航海が、人間の内面探求に転化されても別に不思議はないのです。実際、内面化された未知の南方大陸への航海は、しばしば人間精神の未知の領域への旅へと転換されます。

四　南海への架空航海記

『パイン族の島』

それでは、南方大陸があるとされた南海への架空航海記をいくつか取り上げて分析してみたいと思います。例えば、ヘンリー・ネヴィル（Henry Neville）の『パイン族の島』（一六六八年）という架空旅行記は、情念が南海の地において発揮されたときにどういうことが起こるかを実験的に描いた作品です。キロスは南方大陸を必需品が労せずして手に入る「地上の楽園」として描き出しましたが、そのような土地に人間がたどり着いたときに起こりうる一つの可能性をネヴィルは具体的に書いたのです。

この作品の大体の内容を説明します。オランダ人船長ヘンリー・コーネリアス・ファン・スローテンは、一六六七年、アムステルダムを出港して東インド諸島に向かいますが、難破して「未知の南方大陸」の海岸に近いある島に流れ着きます。そこで彼らが出会ったのは「英語を話すのに、裸でいる住民」でした。スローテンは、島の君主ウィリアム・パインから、祖父ジョージ・パイン自身が書いた一つの文書を見せられ、パインズ島のそれまでの歴史を知ることになります。そこには次のようなことが書かれていました。

一五八九年、ジョージ・パインは東インド諸島方面の交易を開発するためのイギリス船に従者として乗り込みますが、船は嵐で難破し、彼と四人の女性だけが無人島にたどりつきます。その島が自然に恵まれ外敵に脅かされることのない無人の楽園であることがわかってきて生活の不安が解消されると、彼は欲望のおもむくままに四人の女性と次々に関係を持ちます。その女性たちが皆子供を産み、その子供たち同士が結婚して増えた一族は、ジョージが島に来てから半世紀もたつと二千人に近い数にまで増えていました。

このような歴史を読んだ後でオランダ人船長スローテンは、現在の島の君主ウィリアムからジョージ・パイン死後の歴史も聞きます。そこでは近親相姦、不倫、強姦などの性的混乱から島全体が無秩序に陥っている現状が明らかにされます。スローテンが島を去る間際にも内乱が起こりますが、それを君主ウィリアムはオランダ船に装備された近代兵器の力を借りてやっとのことで鎮圧し、首謀者を処刑して事態は収まります。

以上が、『パイン族の島』の概要です。ジョージ・パインの語るパイン族の歴史は、性的に競争相手のいない（男性にとっての）楽園の中で国家が確立される物語ですが、その後の歴史はその国家の崩壊の様子を物語っています。大英帝国の商業拡大という当初の目的を忘れ、情欲によって作られた国家の中に埋没して外部の世界とのつながりを失ったパイン族は、次第に理性から情念の世界に沈みつつあるのです。そして三代目の君主ウィリアムの治世には、オランダ人の助けを借りなければ内乱を収めることができないという状態になっています。パインズ島で起こる反乱は性的エネルギーという情念の爆発であり、ここでの政治的無秩序は常に性的混乱を反映しています。情欲によって作られた王国は、まさにその情欲によって破滅しかかっているのです。「パイン族」（Pines）が penis のアナグラムであることは明白であり、この名は、この島が情念の支配する領域であることを示しています。

この話のポイントは、オランダ人スローテンの出会うのが、「英語を話すのに、裸でいる」野蛮人であることです。パイン族は、半裸の先住民のようでありながら、イギリス人のように英語を話す奇妙な種族として現れてくるのです。その奇妙さの秘密は、この種族の歴史を記した文書によって解き明かされます。そこから彼らは元々イギリス人だったのに、堕落して野蛮人のようになったことがわかってきます。このようにヨーロッパ人が南海で自分たちの退化した姿を見るというのは、南海を舞台としたフィクションの典型的パターンです。

退化・堕落していくイギリス人と対照的に描かれるのは、近代文明を象徴するようなオランダ船の行動です。オランダ人たちは、性的欲望を満たすことなどには目もくれず、島の測量検分を行い、地勢と資源を確かめて着々と植民地としての島の潜在性を分析していきます。すでにお話ししたように、南海は、近代的「知」が発揮される場でもありました。つまり、ヨーロッパの人々にとって、南海および南方大陸は、情念にあふれた野蛮人が住む荒地であるとともに、人間の知の結晶である理想国家を建設する可能性を見出す場でもあったのです。

このような二つの見方が、未知の南方大陸への航海を装って行われる、人間の精神の未知の地域への航海に反映された結果、航海は二つの方向に向けて行われることになります。ひとつは、未来の有益さや繁栄につながる人間の潜在的な能力を探るものです。もうひとつは、制御不可能で社会の堕落や崩壊を招きかねない人間の隠された性質に深く分け入るものです。そういうわけで、架空の南海航海記は、しばしば精神の二つの未知の領域である理性と情念の両方の精査という形をとることになります。つまり理性とは何なのか、情念とは何なのかという問いがそこでは追及されるのです。

フォワニー『南の大陸発見される』

南海のフィクションにおいては、そのような二つの要素、つまりユートピア性と野蛮性はしばしば闘争状態にあるものとして現れます。たとえば、フランス人ガブリエル・ドゥ・フォワニー（Gabriel de Foigny）によって書かれた『南の大陸発見される』（一六七六年）はこのような闘争が見られる架空南海旅行記のひとつです。この作品はサドゥールという架空の語り手によって語られる南方大陸への旅の記録で、一六九三年には英訳も出ています。両性具有者であるサドゥールは、船の難破によってそこに流れ着き、そこで三五年過ごしたことになっています。主人公が南方大陸に着くまでの過程で強調されるのは、野生の具現である怪物たちとの命をかけた戦いです。その戦いに勝利はしたものの瀕死の状態となったサドゥールを救い上げるのは、彼の戦いぶりを見ていた南方大陸の住民アウストラリア人です。南方大陸アウストラリアは最初、理想のユートピアとして現れてきます。この国の住人は理性のみに導かれて生活していて、彼らの国家は完璧に組織された状態にあると説明されます。またアウストラリア人は両性具有であり、単一の性しか持たない他民族のことを、獣と人間の間に位置する「半人間」であるとみなしているので、この国でもし片方の性しか持たない子供が生まれてきたら、その子供は怪物として殺されてしまいます。この作品において、両性具有性は、普通の人間を「半人間」つまり不完全なものとして格下げする風刺の装置となるのです。語り手サドゥールはフランス人ではありますが、怪物との戦いにおいて勇敢であったこと、それにたまたま両性具有であったことから、この国に受け入れられます。アウストラリア人は彼らの人間観を次のように説明します。

人間は人間であるのなら、人間であること、すなわち慈愛に満ち、理性的で、優しく、情念がないということをやめるはずはない。なぜなら人間性とは正にそういうことにあるのだから。太陽が光を発しなければ太陽でないのと同じように、人間は獣とは一線を画していなければ人間ではないのだ。獣に見られる狂気、貪欲さ、残酷さのような悪徳や情念は彼らの不完全で欠陥のある性質のあらわれであり、このような欠陥を持っていれば、人間といってもそれは空しい偽りの姿で、実は獣に過ぎないのだ。（Foigny, 73）

このようなアウストラリア人の人間観に感化された主人公は、アウストラリア人を尊敬し、彼らの社会に同化したいと思うようになります。しかし、アウストラリア人が裸であることに不賛成の意を示したり、刺激して「快楽」と呼ばれるものに向かわせようとしたりしたことから、アウストラリア人から「半人間」として処分すべきだといわれ始めます。

この作品のクライマックスは、アウストラリア人と隣国のフォンディアン族との戦いです。フォンディアンは、単一の性しか持たず、情念の具現化されたような野蛮人として描かれていますので、このフォンディアンとアウストラリア人の争いはいわば情念と理性の戦いなのです。主人公サドゥールはアウストラリア人に味方してフォンディアンと戦います。戦いは、アウストラリア人の勝利に終わり、フォンディアンは皆殺しにされることになりますが、主人公はフォンディアンの女を殺せずに、彼女と性的関係を持ってしまいます。それを見たアウストラリア人たちはその場でその女を虐殺し何も言わずに主人公を一人残して立ち去ります。結局、主人公は理性的規範に反した者として死刑の宣告を受けることになります。最終的に主人公は、アウストラリア人とヨーロッパの人々の性質や関心が相容れないものであることは明らかだ、と悟り、この国で生活することをあきらめ、ここから脱出するのです。

このように、フォワニーは、ベイコンの『ニュー・アトランティス』と同じように南方大陸にユートピアを見出しながら、ベイコンが描かなかったことを描き出します。それは、ユートピア的国家と人間の性質の対立、言い換えれば人間の精神における理性と情念の埋めることのできない対立です。『南の大陸発見される』においてフォワニーはそれらの間の妥協点を見出すことはできず、これら二つのものは相容れないと主人公に告白させるのです。フォワニーのこの作品は、スウィフトの『ガリヴァー旅行記』にも影響を与えたとされますが、『ガリヴァー』においても理性と情念の対立のテーマははっきりと現れてきます。

五　南海のガリヴァー

ガリヴァーと「拡大する帝国」

ジョナサン・スウィフト（Jonathan Swift）の『ガリヴァー旅行記』（一七二六年）もまた南海航海記のひとつであると言えます。この作品は四部から成っていて、各部でガリヴァーはそれぞれ、小人国リリパット、巨人国ブロブディングナグ、空飛ぶ国ラピュータその他、馬の国フイヌムランドを訪問しますが、これらの国は、ほぼすべて南海すなわち太平洋上にあります。そもそも「南海への航海」を計画している船に乗ったことからガリヴァーのリリパットへの旅は始まります。ブロブディングナグは北アメリカ西海岸に、ラピュータその他の国は日本の東から南東のあたりに位置しています。また第四航海の当初の目的の一つは「南海のインディアンたち」と商いをすることだったのです。

先ほど述べたように、旅行記は領土拡大と結びついた政治的文書でしたが、そのことを『ガリヴァー』の著者も十分に承知していたことは、旅行記のあり方そのものが問題にされる最終章で領土拡大の問題に触れていることからも明白です。

ある人が私にそっと言ってくれたことなのだが、実は、帰国したときすぐに、国務大臣に宛てて覚書を提出しておくのがイングランドの臣民としての義務だったのである。イングランドの臣民が発見したいかなる国土であれ、すべてイングランド国王に帰属するからである。（Swift, 293）

ガリヴァーがそうしなかった理由を語る次の一節は、『ガリヴァー旅行記』全編の中で最も衝撃的な部分の一つです。

自分の発見によって国王陛下の領土を広げる気があまりしなかったのには別の理由がある。実を言うとこんな場合の君主たちの「配分的正義」というものに関して少し良心の咎めを感じていたからである。例えば、海賊の一団が嵐に遭ってどこかわからないところへ流されたとする。ついにトップマストの見張りの少年が陸地を見つける。彼らは上陸して掠奪する。無害な種族に会い、親切に歓待される。彼らはこの国に新しい名前をつけ、国王のために正式に領有を宣言し、木切れか石を記念碑として立てる。二、三十人の先住民を殺し、さらに標本として二人ほどを拉致し、本国に帰って、特赦を受ける。これが神授権の名で獲得される新領土の始まりだ。まず最初に船団が送り込まれる。先住民は追い出されるか殺されるかして、族長は拷問を受け彼らの黄金のありかを白状する。あらゆる非道で欲深い行動に特赦状が与えられ、大地は住民の血で悪臭を放つ。信心深い遠征隊として遣わされるこの呪われた虐殺者の一団こそ、偶像崇拝する野蛮人を改宗させ文明化するために送られる現代の植民者なのだ。

（Swift, 294）

ここでは国家的偉業であったはずの発見航海事業の暴力性と偽善性が暴かれています。スウィフトが指摘するのは、ベイコンが提示した「拡大する人間の帝国」という理想に基づく活動の狂気性でもあります。

馬の国における理性と情念

本章で特に問題にしたいのは、第四部の馬の国フイヌムランドです。図10を見ればわかるように、馬の国フイヌムランドは、我々が問題にしている「未知の南方の地域」であったオーストラリアの南側にあるのがわかります。この地図の上部にあるのはオーストラリア南海岸であり、先ほど引用した図4の地図上にも見られた「レーウィン」や「ノイツ」の地名が書かれています。

この架空航海記も対立する二つの領域、つまり人間社会のユートピア性と野蛮性、言い換えれば理

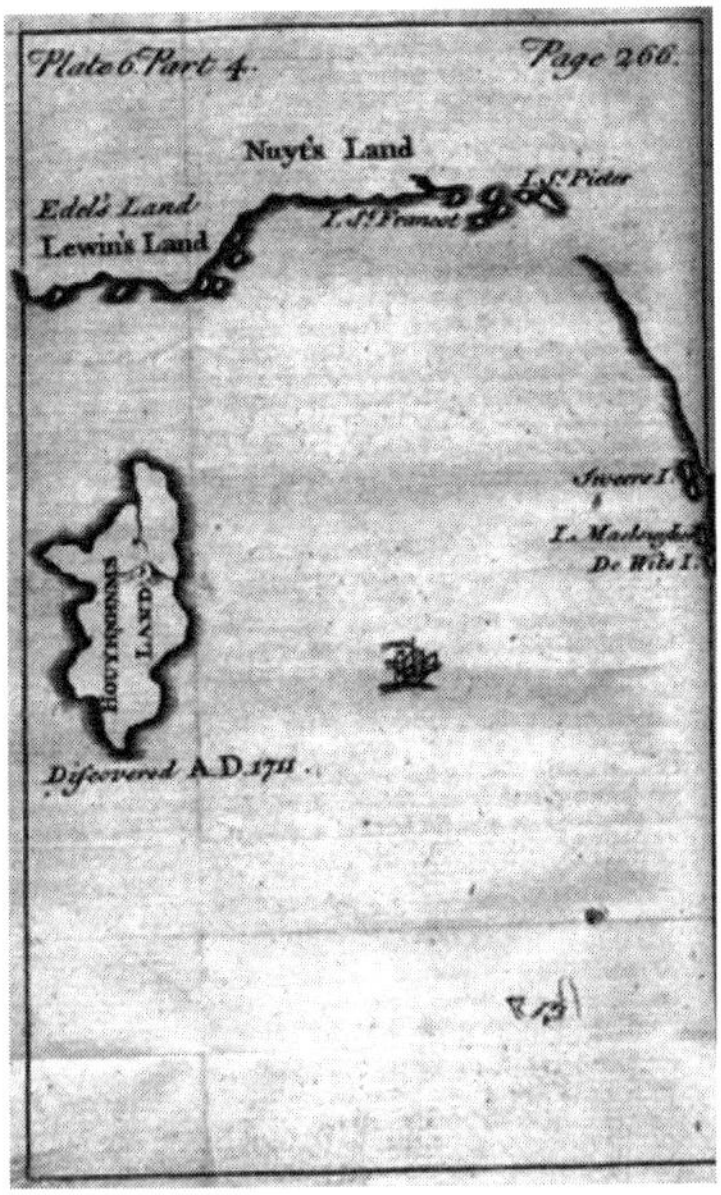

図10 『ガリヴァー旅行記』フイヌム国の地図（1726年）

馬の国フイヌム国の北側に見えるのはオーストラリアの南岸である。

出典：Jonathan Swift, *Gulliver's Travels*（Oxford, 1965）

性と情念を探ったものであるといえます。フイヌムランドには著しい対照をなす二種類の種族が住んでいます。それは理性を持った馬フイヌムと情念の化身のようなヤフーです。フイヌムは美徳に、そしてヤフーは悪徳に結びつけて描写されているので、理性と情念の闘争と、情念に対する理性の優越性といった、皆さんにはすでにお馴染みの問題が、この作品にも見出せます。ここでの人間の潜在的能力である「理性」の描写は、どちらかといえば平凡であり、人間精神の内部に入っていくガリヴァーの航海は、ヤフーの描写を通じて、あらゆる種類の情念という人間の暗部を分析することに向けられていると言えます。子供用の読み物として書き直される『ガリヴァー』からこの第四部が省略されるのは当然なのかもしれません。これは人間性に対するあらゆる希望を打ち砕く書だからです。

「南海のインディアンたちと商いをすること」を目的として航海に出たガリヴァーは、部下の反乱によって船から追い出され、南海の島に置いてきぼりにされ、その島で獣人の群れに襲われて危機に陥ったところに馬がやって来て救われます。その馬は知性と言語を持っていることが明らかになり、ガリヴァーは彼らからその言葉を教わることになります。そこで最初に教えこまれるフイヌム語は「ヤフー」であり、次は「フイヌム」という言葉です。この二つの言葉はそのままこの国の世界を形作るものであり、この二つの言葉を軸にしてこの旅行記の世界は展開します。フォワニーの『南の大陸発見される』同様、ガリヴァーは人間の代表として、この獣人ヤフーと理性を持つ馬フイヌムの間でそのアイデンティティを問われるわけです。

ガリヴァーの自己嫌悪

先ほど取り上げたネヴィルの『パイン族の島』でオランダ人たちが出会う民族パイン族は、先住民ではなく退化したイギリス人でした。それと同様に、ガリヴァーが南海の島で出会うヤフーは「野蛮」とされるあらゆる特徴を持ちながら、南海の先住民ではないとされています。彼らの出現については フイヌムたちの間で次のように言い伝えられています。

ヤフーは昔からずっとこの国にいたわけではない。かなり前にこの獣が二匹、山の上に現れたのだ。腐った泥や土が太陽の熱で暖められてできたのか、それとも海の泥と泡から生じたのか、定かではない。このヤフーたちが発生すると、この種族の数はすぐに増えて国中にはびこるようになった。（中略）フイヌムや他の動物たちがこの生物に対して抱いている激しい憎しみからみて、彼らが「イルニアムシー」（すなわちこの国の原住民）であるとは考えられない。（Swift, 271–71）

一七二六年に出版された『ガリヴァー』の初版には、ヤフーの出自に関して次のようなさらに突っ込んだコメントが書かれていました。

ただし、かなり前にフイヌムランドの山の上で見られたという二匹のヤフーについては議論のあるところだろう。一体どこからこの獣の種族は降り立ったのだろうと。そして、よくはわからないが、彼らはイギリス人のようなのだ。ずいぶん損なわれてはいるものの、その子孫の顔立ちを見るとどうもそうではないかと思えるのだ。しかしこのことがどれくらいの権利を発生させるのかについては植民地法に通じた人に任せたい。

（Swift, 322）

しかし、この一節は後の版においては、差しさわりを恐れて削除されることになります。ガリヴァーが南海の島で出会うヤフーは「野蛮」とされるあらゆる特徴を持ちながら、南海の先住民ではないとありましたが、ここではヤフーがイギリス人の後裔であることが暴かれているのです。つまり、ヤフーは『パイン族の島』の住人同様、イギリス人の退化したものであったというのです。

実際、フイヌムランドに暮らすうちにガリヴァーは、イギリス人、ひいては人間とはヤフーそのものであると考えるようになります。

家族、友人たち、同国人、さらには人類一般のことを考えると、彼らは実のところ姿形においても性質においてもヤフーだと思うのだ。多少は文明化され、言語能力を与えられてはいるかもしれないが、このフイヌムランドの同族たちが自然に割り当てられた分しか持ち合わせない悪徳をさらに悪化させ増大させること以外に理性を働かせてはいないではないか。湖や泉に写った自分の姿をたまたま見るようなときには、自分自身に対する恐怖と嫌悪で思わず顔をそむけてしまう。自分の姿を見るくらいならこの国にいる普通のヤフーを見るほうがまだ我慢できるくらいだ。

（Swift, 278）

このようにガリヴァーは、人類はヤフーであること、また場合によってはヤフー以下であることを悟り、自己嫌悪におちいるのです。人間の精神を導く希望の光であったはずの理性も、ここでは無力であり、人間の悪徳を助長するにすぎず、理性と情念の対立ももはや意味を失っています。後にヒュームが『人性論』で逆説的に言うように、「理性は情念の奴隷であり、また奴隷でしかありえないので、理性は情念に仕え従う以外の役目を果そうとしても無理である」（Hume, 415）のです。

本章の始めのほうで確認したように、ベイコンの船は人類の発展という高い志を抱いて、古いヨーロッパから外海へと漕ぎ出しました。ガリヴァーも同じように南海への航海を始めますが、彼が未知の地域への航海において発見したのは、「自分自身に対する恐怖と嫌悪」だったのです。スウィフトがガリヴァーの訪問する国々を南海に置いたとき、彼はベイコンの考え方があまりに楽観的であることを風刺していたに違いありません。

ガリヴァーは結局、フイヌムの国から追放されることになります。ヤフーでありながらフイヌムのように知性も持っているというガリヴァーの両義性は、フイヌムランドでは受け入れられなかったのです。ガリヴァーはイギリスに帰り、ヤフーつまり人間を避けて、馬小屋でイギリスの退化した馬との会話の中に多くの時間を過ごすというのが、この作品の喜劇的、あるいは悲劇的結末なのです。

おわりに

一七、一八世紀にはまだヨーロッパ人にとって未知の地域であった南太平洋には、古代から想定されてきた「未知の南方大陸」の一部があると考えられ、近代にはいって航海術が発達すると、南海にあるその大陸の発見が重要課題となっていました。新しい植民地を発見して領有宣言をすべくしのぎを削っていたヨーロッパの強国は、遠征航海を組織してその大陸をいち早く発見しようとしていたのです。一七世紀前半には、特にオランダがその地域の探検航海を熱心に行い、南太平洋にある巨大な島を「ニュー・ホランド」と呼ぶに至りました。しかしオランダ人も、また他のヨーロッパ人もその後一世紀以上の間、未知の大陸を発見することはできず、一八世紀後半にイギリス人ジェイムズ・クックがオーストラリアの海岸線を明らかにして南方大陸が存在しないことを証明するまで、南太平洋は未知の地であり続け、地図上の空白部分のままだったわけです。

しかし、その間にも、ヨーロッパ人たちはその空白を想像力によって埋め、またそこに自分たちの精神の動きを投影していました。その結果、地理上の未知の領域であった南海への架空の航海は、隠喩的に転換され、しばしば人間の精神の未知の領域への旅という形を取ることになったのです。南海、および未知の大陸に対してヨーロッパ人は、野蛮人が住む荒地であるというイメージを持つとともに、それとは相反するイメージとして地上の楽園や文明の進んだ理想的国家を見出すこともありました。このような二つの見方が、人間の精神の未知の地域への航海に反映された結果、架空航海記においてはしばしば潜在能力としての理性と制御不可能な隠された性質である情念の両方の精査が行われます。南海の架空航海記に登場する理性的ユートピアと情念に満ちた野蛮人の闘争は、人間精神の内部にある理性と情念の対立でもあるのです。南海や南方大陸は、人間精神を極限状況において考察をする場所、つまり精神の実験場でもありました。近代の航海の進歩にベイコンが重ね合わせた人間の進歩の夢の裏側には、その陰画としての人間の堕落・退化への不安が常にこびりついていたのです。

注

（1）Francis Bacon, *Philosophical Works of Francis Bacon*, ed. John M. Robertson（London: Routledge, 1905）, 727. 以下、参考文献からの引用は、引用文の後に括弧で著者名とページ数を示す。和訳はすべて拙訳による。

〈参考文献〉

石原保徳『大航海者たちの世紀』評論社、二〇〇五年。

石原保徳、原田範行『新しい世界への旅立ち』岩波書店、二〇〇六年。
ピーター・ウィットフィールド『世界図の歴史』樺山紘一監修、和田真理子、加藤修治訳、ミュージアム図書、一九九七年。
R・A・スケルトン『図説・探検地図の歴史』増田義郎、信岡奈生訳、原書房、一九九一年。
ガブリエル・ド・フォアニ「南大陸ついに知られる」三井吉俊訳（『啓蒙のユートピア』法政大学出版局、一九九六年、所収）。
ボイス・ペンローズ『大航海時代—旅と発見の二世紀』荒尾克己訳、筑摩書房、一九八五年。
若林幹夫『地図の想像力』講談社、一九九五年。
Bacon, Francis. *Philosophical Works of Francis Bacon*. Ed. John M. Robertson. London: Routledge, 1905.
Bruce, Susan. Ed. *Three Early Modern Utopias: Utopia, New Atlantis, The Isle of Pines*. Oxford University Press, 1999.
Burton, Robert. *The Anatomy of Melancholy*. Eds. Thomas C. Faulkner, Nicolas K. Kiessling, and Rhonda L. Blair. Oxford: Clarendon Press, 1989–2000.
Conrad, Joseph. *Heart of Darkness and Other Tales*. New York: Oxford University Press, 1998.
Foigny, Gabriel de. *A New Discovery of Terra Incognita Australis, or The Southern World*. London, 1693.
Heylyn, Peter. *Cosmographie in four Books*. London, 1667.
Hume, David. *A Treatise of Human Nature*. Ed. L. A. Selby-Bigge. Oxford: Clarendon Press, 1975.
La Roshefoucauld. *Maximes*. Paris: Garnie, 1967.
Lamb, Jonathan. *Preserving the Self in the South Seas, 1680–1840*. Chicago and London: University of Chicago Press, 2001.

Mandeville, Bernard. *The Fable of the Bees*. Ed. F. B. Kaye. Oxford: Clarendon Press, 1966.

Quir, Ferdinand de. *Terra Australis Incognita or A New Southerne Discoverie*. London, 1617.

Swift, Jonathan. *Gulliver's Travels*. Ed. Herbert Davis. Oxford: Basil Blackwell, 1965.

Whitefield, Peter. *New Found Lands: Maps in the History of Exploration*. The British Library, 1998.

Williams, Glyndwr and Frost, Alan, eds. *Terra Australis to Australia*. New York: Oxford University Press, 1988.

第三章　「旅立ち」の言語表現

——一八世紀イギリスの探検航海家
ジェイムズ・クックを中心に——

原田範行

一　一八世紀イギリスの「旅立ち」

摂津国の町人五名が出資し、三宅石庵を学主として漢学塾懐徳堂が創設されたのは享保九（一七二四）年のこと。同じ一八世紀、ヨーロッパ諸国は、近代社会という新たな秩序の構築へ向けて、きわめて大きな変化と動揺を経験していました。今回私は、この一八世紀のイギリスで活躍した探検航海家ジェイムズ・クック（James Cook, 1728–79）の航海日誌を基に、その言語表現の中に込められた近代社会の形成と探検航海の意味を探り、それがどのような形で現代社会に接続しているのか、ということをお話いたします。クック船長と言えば、三度にわたる大規模な世界周航を遂行し、特に太平洋と南極海域における精密な測量によってこの地域の地図を飛躍的に進歩させた人物として知られますが、この講座では、そうした彼の航海家としての業績とともに、彼が航海の途上、毎日欠かすことなく綴った航海日誌の言語表現の中に、実は近代社会の特質を明確に読み取ることができるということを具体的に確認して行きたいと思います。

ところで今触れました「近代」という呼称にはさまざまな捉え方がありますので、はじめに少し説明を加えておくことにします。もともとこの「近代」（Modern）という概念は、ヨーロッパにおいて、「古代」と対比的に「今、現在」を指すものとして生まれました。ヨーロッパにおける「古代」とは、いわゆる古典古代、すなわち古代ギリシャや古代ローマ時代を指すもので、そうした古典古代の文化や社会が衰退した時期を、「古代」と「現在」の中間にある時代、すなわち「中世」（the Middle Ages）と呼んだわけです。この意味からすると、古典古代の「文芸復興」を重要な時代精神の一つとするルネサンス（概ね一四世紀後半から一七世紀）は「近代」ということになります。イギリスのウィリアム・シェイクスピア（William Shakespeare, 1564–1616）は、その生没年からも明らかなようにまさにイギリス・ルネサンスの時期に活躍した劇作家ですが、彼の作品に使われた英語も、英語史の区分からすると、やはり“Modern English”です。

ただ、この“Modern”という語は、他方で、それこそ二〇世紀や二一世紀の現在をも指し示すものとして一般に使われています。「モダニズム」と言えば、それはルネサンスや一八世紀の話ではなく、二〇世紀初頭のヨーロッパを中心とする芸術や思想、社会の特性を説明する言葉です。シェイクスピアの芝居は確かに今日も世界中でさかんに上演されていますが、しかし五〇〇年前の英語と今日の英語を同じ“Modern English”とするのは、やはりいささか無理がある。そもそもこの“Modern”という語は、常に「今、現在」を指す語として使われ続けているわけですから、ルネサンス以降の時代区分を表す名称としてはあまり正確ではありません。そこで今日のヨーロッパ史では一般に、ルネサンスから市民革命までを「初期近代」もしくは「近世」とし、市民革命から第一次世界大戦までを「近代」、もしくは「一八世紀」「一九世紀」「ヴィクトリア朝」といった個別の世紀や王朝名で呼び、それ以降を「現代」、もしくは「二〇世紀」「二一世紀」と区分するようになっています。とはいえ、この「初期近代」「近代」「現代」という呼称も、各国の事情によってやはりかなりの差があります。日本の場合は、一般に江戸時代を「近世」、明治維新以降、第二次世界大戦までを「近代」、それ以降を「現代」と呼ぶことが一般的ですし、ヨーロッパ各国でも、市民革命が一七世紀に起きた国もあれば二〇世紀の場合もあるわけですから、「近代」の範囲を定めることにはやはり困難がつきまといます。"Modern" の概念を広く捉えて「近現代」という訳語を与える場合があるのも、こうした事情によるものです。

私はこの講座で「近代」という言葉を使いますが、それはこのような事情を踏まえ、厳密な時代区分としてではなく、むしろその中味、すなわち「近代」が有した諸特徴を包括的に表す語として用いたいと考えています。本講座の中心的な舞台は一八世紀のイギリスですが、このイギリスは、ヨーロッパ諸国に先駆けて、いち早く一七世紀に二度の革命を経験しました。一八世紀後半に革命をむかえたフランスよりも歴史的には一世紀あまり早い。したがって先の時代区分に従えば、一八世紀イギリスは「近代」、同時期のフランスは概ね「初期近代」ということになるのですが、しかし、外交や軍事、通商、文化的交流などさまざまな面において、この両国が一八世紀という時代と空間を共有していたことは言うまでもありません。軍事的経済的な国力を比較するなら、むしろフランスの方が優勢であったとさえ言えます。またこの一八世紀のイギリスでは、各種の英語辞典や英語の文法書が出版されて近代英語の整備が進みますが、こうした母国語の発展とナショナリズム形成という動きに大きな刺激を与えたのは、ほかならぬフランスの学士院（アカデミー）におけるフランス語辞典編纂等の活動でした。鎖国体制を敷いていた日本は、ヨーロッパ近代とは遠くかけ離れていたように見えますが、それとても、まさに懐徳堂創設に見られるような町人文化の普及や教育・識字率の向上など、当時のイギリスやフランス社会と共通する要素がないわけでは決してない。つまり私は、さまざまな異種混淆の状況に注意しつつも敢えて「近代」という語を用いることで、概ねルネサンス以降、一九世紀に至るヨーロッパの動向とその方向性を抽出しつつ、それが「現代」にどのように接続しているのかということを、クックの航海とその言語表現を軸に考察したいと考えているのであります。

さてイギリスは、一七世紀に起きた二度の革命を通じて、ヨーロッパ諸国の中でもいち早く近代市民社会形成へ向けて舵を切った国です。もともとこの国は、一三世紀初頭に有力貴族が国王の権限に制限を加えたマグナ・カルタにも象徴されるように、国王の専制的な権力が安定していたわけではありませんが、それでも、イギリス国教会の首長を兼ねる国王は、聖と俗、すなわち宗教と政治の両面においてこの国を統治する強大な存在でした。その国王が二度までも処刑されたり追放されたりしたわけですから、この革命の段階で新たな有力市民階層が国王に代わる実力を持つに至ったということは明らかです。もちろん、革命を経た後も今日のエリザベス二世に至るまで君主制そのものは存続しますが、「王は君臨すれども統治せず」という原則は、イギリス議会政治の基礎として、既に一八世紀初頭には定着しつつありました。政治の実際を取り仕切る内閣が、絶対王政のように国王に対してではなく、選挙によって選ばれた議員からなる議会に対して責任を負う、いわゆる責任内閣制度の誕生であります。国家の意思決定に関わるこうした重要な変更は、当然のことながら、社会の至るところに浸透して行きました。商業の中心もまた、国王が一部の特権商人とともに進める重商主義ではなく、財を蓄えた市民が出資者として株式を通じて広く集まり、その共同資金によって経済行為が進んでいくことになります。この時期のイギリスに、証券市場や株式会社、銀行が発達したのも自然な成り行きと言えましょう。

このようなイギリスの近代社会形成において注目すべきは、それが、政治・経済に関する事象としてだけでなく、言論や文学を含む大きな文化的動向であったという点です。近代社会成立の要件として一般に用いられる「市民革命」は、決して政治経済の面からのみ捉えられるものではなく、言論の発達や文学の変容と密接不可分な関係にあったということを、私は特にイギリスの場合、重視すべきだと考えています。例えば言論について。国王に代わる新たな有力市民階層が国家の方向性を検討する際、有力な情報伝達手段の一つはジャーナリズムです。もちろん革命当時のイギリスの定期刊行物が今日のように国民の間に浸透していたというわけではありませんし、そもそも革命のような急激な社会変動は、厳しい言論統制下で遂行されることが珍しくありません。実際、一般にピューリタン革命と呼ばれる最初の革命では、王党派も議会派も厳しい言論統制を行ないました。特に議会派の主導権を握った急進派ピューリタンは、信仰上、作り話（フィクション）を極度に嫌い、ロンドンの劇場などはことごとく閉鎖に追い込まれてしまいます。あのシェイクスピアが活躍した時代からわずか数十年しか経っていないにもかかわらず、です。しかし、このピューリタン革命を率いて国王チャールズ一世（Charles I, 1600–49）を処刑に追い込んだオリヴァー・クロムウェル（Oliver Cromwell, 1599–1658）の政権がわずか一〇年で瓦解すると、チャールズ一世の息子チャールズ二世（Charles II, 1630–85）が国王となって王政が復古、劇場が再開されたのみならず、各種の新聞・雑誌が続々と刊行され始めることになります。もちろん国王がジャーナリズムを奨励したからではありません。一時的に厳しく統制されていた言論が、しかし、今後の国家の方向に関する議論を交わす場として、自然に、しかも力強く息を吹き返したのであります。逆に言えば、そういうジャーナリズムに集う一定数の人々、すなわち作者や読者が、既に社会の中軸になっていたということをはっきりと示しています。そしてこの言論の中から、いわゆる二大政党制の源流となるトーリー党、ホイッグ党の考え方が涵養され、さらにはチャールズ二世の後に王位に就いたジェイムズ二世（James II, 1633–1701）を追放して新たにオランダからウィリアム三世（William III, 1650–1702）を迎えるという二度目の革命（一般には名誉革命と呼ばれています）が惹起されることになるのです。近代社会形成へ向けての大きなうねりは、同時代の言語文化ときわめて密接に結びついていた。しかもこうしたジャーナリズムの中で育った文筆家たちが、例えば『ロビンソン・クルーソー』（1719）でおなじみのダニエル・デフォー（Daniel

Defoe, 1660?–1731）や『ガリヴァー旅行記』（1726）のジョナサン・スウィフト（Jonathan Swift, 1667–1745）のように、一八世紀初頭には優れた小説の作者に育って行くのであります。専門分化した今日ではあたかも別物のように扱われる文学、言論、社会、経済、政治といった分野が一体となっていた状況が想起されるかと思います。

市民社会の成立、民主主義、表現の自由、新たな経済制度、ジャーナリズム、母国語の整備、ナショナリズム、そして近代文学―そうしたものが渾然と混ざり合いながら、試行錯誤を繰り返しつつ、やがて私たちの生きる現代社会の枠組みを作り上げていく、それが一八世紀イギリスの基本的な特徴であり、こうした現象が他国に先駆けていち早く進行したところに、この国の一八世紀社会が、広く近代の特質を考察する上で重要な舞台を提供してくれる理由があります。言語文化のあり方において も、社会の諸習慣においても、また政治・経済に関わるさまざまな制度においても、そしてまた人々が有する国家観や世界観、人間観の点でも、イギリスの一八世紀は、近代という、まさに人類がはじめて乗り出す未知なる大海原への「旅立ち」を体験していたと考えられるのです。

二　探検航海の近代的意味

このような一八世紀イギリスの社会的歴史的な情勢の中で特に注目すべきは、近代社会形成への大きな動きを見事に集約し、時にはそれに翻弄されながら、未知なる大海原に実際に船出をした多くの探検航海家たちが存在したということであると言えましょう。もちろん、イギリスだけでなくフランスをはじめ、一八世紀のヨーロッパ諸国にはそうした航海家が少なからずいました。彼らはいずれも、ヨーロッパにとっては未知の海域を果敢に調査し、陸地があればその位置を確定して領有を宣言しながら、地球の全体像を少しずつ明らかにし交易の拠点を築いていきます。太平洋の巨大な海域と南極圏、アフリカ大陸と南アメリカ大陸の中間に位置する南半球の大西洋、および北アメリカ大陸北西部沿岸などは、その地理的状況から現地人の文化的特徴に至るまで、当時のヨーロッパ人にとっては依然として謎に満ちていたのであります。

ただイギリスの場合、その探検航海は、他国にも増してより近代的相貌を帯びていたと言えます。それは、今申し上げたような海域での覇権を主にこの国が獲得し、やがて一九世紀帝国主義の時代を迎えたからというだけではありません。それだけでなく、例えば、探検航海実施のための意思決定のメカニズムや予算措置、物資調達の詳細などが、近代国家への移行をいち早く遂げていたイギリスと、例えば革命前夜のフランスとではかなり異なっていたのです。当然のことながら、実際の航海を司る船長の意識にも差がありました。私がイギリスのクックに注目するのは、彼の探検航海の業績が他の航海家に比べて出色のものであるだけでなく、その「旅立ち」のかたちや航海遂行の手法が、全体として著しく近代的特徴を備えたものであるという点にあります。なかでもその航海日誌は、従来、歴史家や文化人類学者の間ではほとんど注目されなかった言語表現の近代性をよく示すものとして再評価する必要があると考えられるのですが、この問題は次節で詳しく論じるとして、本節ではまず、彼の探検航海へ向けての「旅立ち」のかたちや航海の手法が、全体として著しく近代的であったという点について、「旅立ち」までの紆余曲折、操船技術と測量の実際の二点に絞って具体的に見ていくことにします。なおクックは、一七六八年以降、三度にわたる世界周航を行なっています。本節ではこの世界周航全般に触れることにしますが、次節では、航海日誌を具体的に検討するため、航海の規模や調査結果の意義の重要性が特に高い、一七七二年から七五年の第二回航海を中心とします。

クックの「旅立ち」までには、実に複雑な経緯がありました。そもそもクックの探検航海はなぜ実施されたのでしょうか。植民地拡大競争に勝つためか？　そうではありません。太平洋や南極圏への探検航海を発議したのは、海軍でもなければ議会でもない。実は、近代科学の振興を目的に一六六〇年（王立勅許は六二年）に創設された王立協会（ロイヤル・ソサィエティ）であります。ニュージーランドやオーストラリア大陸の詳細な地図を作成すること、さらにその南方にあるかも知れない未知の大陸（テラ・アウストラリス・インコグニタ）の有無を確認すること、金星の太陽面での通過をオタヘイテ（現在のタヒチ）で観測すること、経度測定のための精密時計（クロノメーター）の精度を実際の航海で検証することなどがその理由です。いずれも、軍事目的への転用は可能ですが、しかし、そもそもその可能性があるかないかはっきりしないことですから、軍部が積極的に推進するというようなことはありませんでした。一八世紀初頭、二〇年以上にわたって王立協会総裁を務めた人物にあのアイザック・ニュートン（Isaac Newton, 1642–1727）がいますが、むしろ、そのニュートンをはじめとする自然科学者の関心や好奇心の系譜から探検航海の発議が生まれたと言えます。探検航海と植民地主義をいきなり結びつけるような現代の評論を稀に見かけますが、それは現代人特有の誤謬に過ぎません。

さて、王立協会が発議すれば、それがすぐに実施されるかというとそうではありませんでした。そもそも王立協会が探検航海に使えるような船を保有しているわけではない。王立といえども、一八世紀イギリスは近代国家なのであって、同時代のフランスのように権力が国王のもとに集中してはいませんでした。国家予算や海軍に関わる大事業ですから、当然、議会の承認も必要になる。幸いこの王立協会の発議には、王室が多額の下賜金を出すことになり、議会もこれを承認、実施主体は海軍という運びになったのですが、この複雑な意思決定のメカニズムは、「旅立ち」のかたちにも直接的な影響を及ぼすことになりました。例えば乗組員の構成について。もちろん操船に関わる人員は海軍が中心でしたが、当然、王立協会関係の科学者や記録者も加わることになる。その場合、どちらが主でどちらが従か？　クックの第一回航海に先駆けて、王立協会は東インド会社のアレグザンダー・ダリンプル（Alexander Dalrymple, 1737–1808）を船長として強く推しました。東インド会社は、インドにおけるイギリスの半官半民の貿易および政治の拠点。ダリンプルはその商船の船長として既に実力を認められていたからです。しかし海軍は、軍人でないダリンプルが指揮を執ることを拒否、代わって船長に任命されたのがクックだったというわけです。しかしそのクックも、制度的に言うと実は急ごしらえの船長に過ぎませんでした。第一回航海の直前、彼の海軍における地位は「航海長」（マスター）というものでした。海軍に入る前から民間の貿易船で経験を積んでいたクックは、その操船技術においては海軍でも屈指の実力者でした。しかし海軍内の序列や将来的な昇進の見込みからすると、「航海長」はエリート軍人に比べて見劣りがする。一つの共同体である大型船を統率する船長ともなれば、とても階級的につり合わない。そこで海軍は、「航海長」であった彼を急遽、海尉に抜擢し、その上で探検航海の船長に仕立てたのであります。国王が人材配置に関して直接指示を出すような初期近代の航海のあり方とは根本的に異なっていることが分かります。例えばコロンブス（Christoforo Colombo, 1446?–1506）がフェルナンド二世（Fernando II, 1452–1516）やイザベル一世（Isabel I, 1451–1504）と、マゼラン（Fernão de Magalhães, 1480?–1521）がカルル五世（Karl V, 1500–1558）と、あるいはクックとほぼ同時代に世界周航を遂行したフランスのラ・ペルーズ（Jean François Galaup de la Pérouse, 1741–88）がルイ一六世（Louis XVI, 1754–93）と取り結んでいた親密な関係は、少なくともクックには全くありませんでした。そういう君主と船長との個人的な関係ではなく、いささか窮屈な近代的制度の中で、彼は探検航海に旅立ったのです。

今、「いささか窮屈な」と言いましたが、王立協会の発議から探検航海の実施に至るまでのこの制

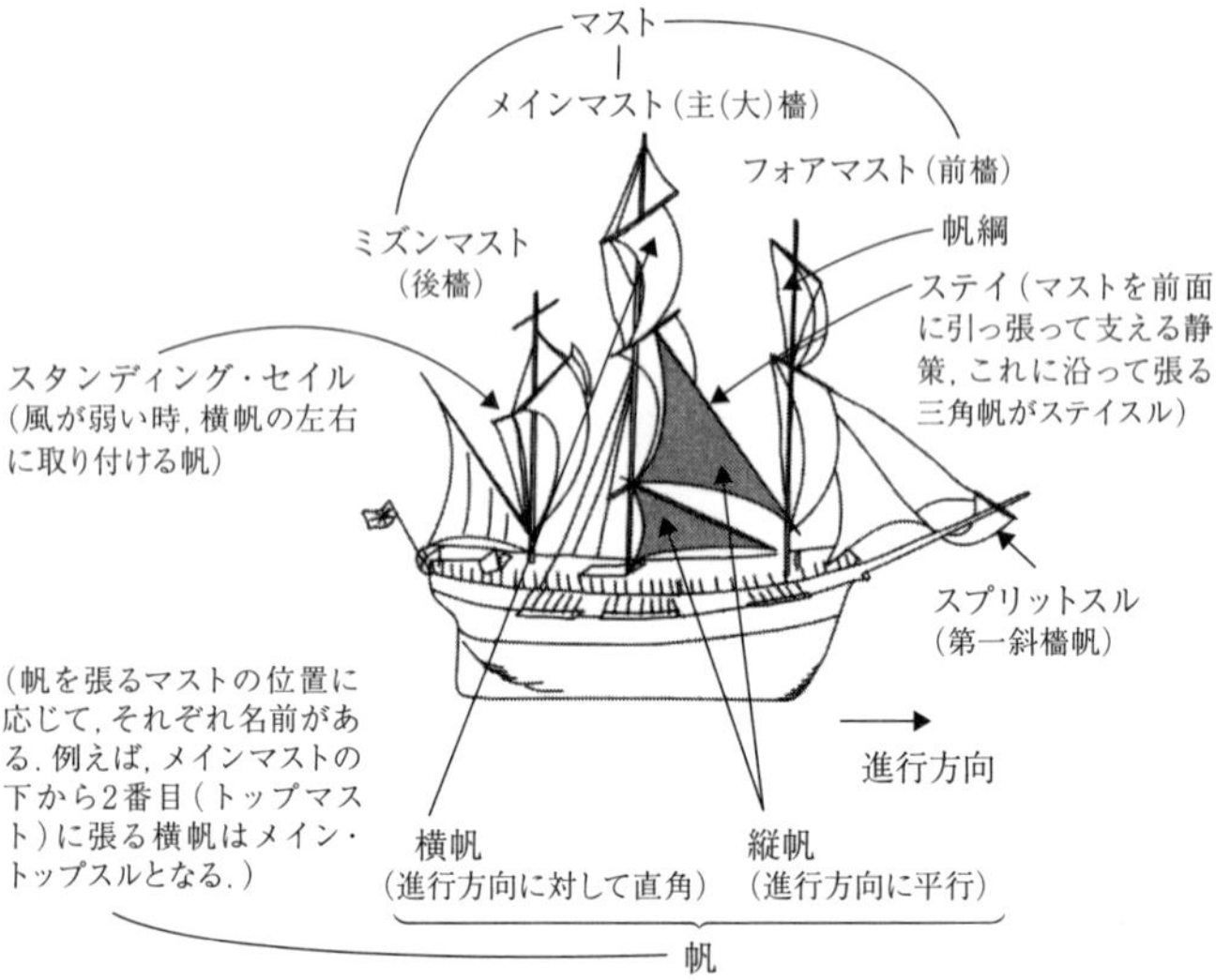

図１　帆船の基本構造

（参考文献に挙げた『新しい世界への旅立ち』172頁をもとに作成）

度的な窮屈さは、しかし、近代的な精密さ、緻密さと言い換えることもできます。探検航海の予定航路を策定するにしても、乗組員の質と量を確保するにしても、また実際に洋上で一〇〇人以上の乗組員が膨大な業務を分担するにしても、そこには確かに、天才的な航海家一人の力ではどうにもならない問題がある。否、天才的な航海家と、時には窮屈でさえあるような制度的な緻密さの両者が見事に調和したとき、どちらか一方だけでは決して発揮し得ない驚くべき力が生み出されることになる―クックの操船や測量の詳細を見ていくと、そうした様子がはっきりとうかがえるのであります。

ここで図1をご覧ください。これはクックが世界周航に際して乗船したエンデヴァー号やレゾリューション号など、一八世紀後半の典型的な大型帆船のマストと帆を簡略化して示したものです。主なマストは三本。このそれぞれのマストにおいて船体に直角に張られるのが横帆と呼ばれるものですが、もちろんそれぞれのマストに帆が一枚というような単純なものではなく、上から下まで概ね六種類程度の帆が張られていました。さらに帆には、縦帆という船体に平行なものもあって、これが、それぞれのマストに三種類程度はありました。これだけでも合計すると二七枚。風が北から吹けば南へ、東から吹けば西へ進むというような原始的な船では、とても未知の海洋を調査することなどできませんから、風が北から吹いているのに敢えて北へ進むとか、風向きが刻一刻と変化しているにも関わらず船を一定方向に進めるといった技術が必要になります。それを可能にしたのは、こうした数多くの帆を適切な度合いで、しかも瞬時に動かす作業でした。たとえ天才的な航海家であっても、これを一人で実行するのは到底不可能です。天才的な航海家と、その指示を的確に伝え実行する乗組員の共同作業の賜物にほかなりません。一八世紀後半から一九世紀にかけて、軍艦を含め帆船は歴史上最も高度に発達し、初期の蒸気船をはるかに上回る性能を有していましたが、その性能を保持したのは、実はこうした緻密な人的ネットワークによるものだったのです。そしてここで注意しなければならないのは、時として病に倒れたり、また不幸にも太平洋の島々で不慮の死を遂げたりする者があっても、航海遂行のためのこうした人的ネットワークを維持できたのは、そうしたネットワークが組織的に保証されていたからにほかならないということです。この保証こそ、時には「いささか窮屈な」と感じられることもあるような近代的制度の一つのかたちと見ることができるでしょう。

航海に際しての測量もまた然り。図2は、クックが第二回航海に際して残した手稿記録の一つ（大英図書館所蔵、Add. MS. 27886）の基本的な様式を簡略化して示したものですが、これを見ると、彼は一時間おきに針路や風向、気温、天候の変化などを克明に記していたことが分かります。私たちが一般に「航海日誌」と呼んでいるものは、実はその中の“Remarks & c.”（所見その他）の部分の記述だけなのですが、船長は、実際には、常に自らが置かれた自然環境を確認しつつ、位置を確かめ、詳細に針路を策定していたことが分かります。しかもここで注意すべきは、このさまざまな測量を、クック自身が行なっていたわけでは必ずしもないということです。もちろん測量は、操船に関わる最も重要なデータの収集作業ですから、彼もかなり実質的に関わっていたことは事実です。しかしその測量は一人でできるものではない。今「一時間おきに」と申し上げましたが、この時間経過の計測さえ、洋上にあっては不正確になりやすいので、船には常に複数の精密時計が搭載されていました。それらを比較し最終的に判断するのはクックでしたが、そのためには同時に各種の時計の時刻を計測しなければいけない。しかもそれと合わせて、太陽の高度や月の位置も計測する必要がありました。それが分からないと、緯度や経度を算出できず、特に未知の海洋での探検航海であってみれば、自分たちは今どこにいるのか、という最も基本的な問題にさえ躓きかねない危険性があったのです(1)。こういう複雑な作業を進めるためには、クックの目となり耳となるような信頼できる熟練した部下が必要になる

H	K	F	Course	Winds	Lee Way	Ther.	Weather	Remarks & c[o.]
1	1	4	NE	ESE			Light	
2	1	6	• • •	• • •			air	
3	2	2	NEBS	EBS				• • •　• • •　• • •
• • • • •	• • • • •	• • • • •	• • • • •	• • • • •				• • •　• • •　• • • • • •　• • •　• • •
12	2	• •	NEBS	EBS			Light	• • •　• • •　• • •
1	1	4	• • •	• • •			breeze	• • •　• • •　• • •
• • • • •	• • • • •	• • • • •	• • • • •	• • • • •				• • •　• • •　• • • • • •　• • •　• • •
10	1	6	•	•			clear	
11	1	• •	North	ENE			pleasant	
12	1	4	NBW	NEBE		34 1/2	cold	

Course Cor [rected]	Dist[ance]. sail[e]d	Lattitude in South		Long. Palliser		West from ········	
N. 38° E	55 m[iles]	Acc.	Ob	Acc.	Acc. Cor	Acc.	• • •
			65, 42	84, 47	84, 46	99, 44	100, 12

図２　航海日誌の基本的な書式

（参考文献に挙げた『新しい世界への旅立ち』237頁をもとに作成）

わけですが、これもまた人的ネットワークによるものであったと言えましょう。実を言えば、図2に示した手稿における各種のデータは、主に航海長らが中心となって作成した航海記録（ログブック）の数値をクックが書き写したものです。逆に言えば、船長が適切な指示を出すための重要なデータを集積する部署がきちんと機能していた、ということになるでしょう。

言うまでもなく探検航海とは、野心的挑戦的な性格を有する一種の冒険です。ヨーロッパにとっては未知であった海洋に乗り出し、海や陸地の詳細を明らかにする。可能であれば、発見した島の人々と身振り手振りでコミュニケーションを交わして友好関係を築き、交易を行なう。但し、そうした島々の文化的特質はほとんど不明──。こうした種類の、またこれだけの規模の冒険が、現代の私たちの周囲にどれほどあるかと言えば、簡単には見つからないように思います。敢えて挙げるとすれば、宇宙探査でしょうか。そしてここで注意しなければならないのは、そういう冒険を実施するにあたっては、しかし、まさに宇宙探査がそうであるように、きわめて緻密な制度と技術の積み重ねが不可欠であったという点です。航海に出かけるまでの諸々の手続きはもちろんのこと、実際の操船作業にせよ、また洋上で一時間おきに測量をして自らの位置を確認していく作業にせよ、その一つ一つが想像を絶するような緻密さをもって実行されていたのです。野心的挑戦的な性格とは一見相反するようなこうした積み重ねこそ、一八世紀の探検航海を支えるもう一つの柱であったと言えます。両者は時に摩擦を生みつつも、一定の調和を生み出し、そこに驚くべき力が発揮されて世界地図の精度も著しく向上するのであります。私は先に近代的諸制度の性質を「いささか窮屈な」と申し上げました。確かに、探検航海の「旅立ち」に至る経緯にせよ、航海遂行のための複雑な作業にせよ、そしてまた、どこまでも滑らかに続くかに見える壮大な海を緯度と経度で切り刻み条理化していくという科学性にせよ、それらは、想像力を掻き立て、魂の昂揚を惹起するような冒険とは、少なくとも表面上、相反するものであるかのように見えます。しかし、その「窮屈さ」はやがて野心的挑戦的な冒険が有するダイナミズムと調和し、クックの探検航海がそうであったように、大きな成果を生み出して行きます。近代とはまさにそういう時代であった―イギリスの一八世紀社会とともに、当時の探検航海への「旅立ち」が優れて近代的であると考えられる所以であります。

三　クック船長の言語表現

近代ヨーロッパの言語芸術を考える上で重要な動向の一つに「ロマンティシズム」という思潮があります。社会の俗物性や形式性を批判し、人間の想像力や個性を強調したもので、イギリスでは、ウィリアム・ブレイク（William Blake, 1757–1827）、ウィリアム・ワーズワース（William Wordsworth, 1770–1850）、S・T・コールリッジ（Samuel Taylor Coleridge, 1772–1834）をはじめ、G・G・バイロン（George Gordon Byron, 1788–1824）、P・B・シェリー（Percy Bysshe Shelley, 1792–1822）、ジョン・

キーツ（John Keats, 1795‒1821）といった主に詩人の業績がこれに該当します。なかでもワーズワースとコールリッジが編纂した詩集『抒情民謡集』（1798）は、イギリス・ロマン派を代表する作品ですが、この改訂版に付されたワーズワースの有名な序文に次のような一節があります。「詩人の言葉にある制約とはたった一つ。すなわち詩人は、法律家や医者、船乗り、天文学者、科学者などとしてではなく、まさに人間として、詩を読む人々に直接的な感興を与えなければならない。」[2] 想像力の働きと人間の個性を重視し、それを平易な言葉で表現することを主張したワーズワースにしてみれば、法律家や医者、科学者の言葉は、特殊な専門性に依拠したものであって、「直接的な感興」を引き起こすダイナミックな言語表現ではなかったということになります。しかしここで注目すべきは、そうした専門家に、「船乗り」が並置されている点です。これはおそらく、一八世紀後半から一九世紀にかけて続々と出版された実録航海記の科学的記録性を念頭に置いたものでありましょう。ひょっとするとより具体的にクックの航海記に言及したものかも知れない。ワーズワースの友人であったコールリッジの代表作に「老水夫行」という詩がありますが、このモデルにクックが想定されることを勘案すれば、クックの航海記は彼らにとってもきわめて身近な存在であったからです。[3] しかしそれを、ワーズワースはつまらないと感じた。そういう専門的なものではない、純粋で直接的な言語表現こそ、新たな芸術であると主張したわけです。近代社会形成の過程で著しく発達した法律や自然科学において使われる言語は、人間の本質を表現するようなものではない、というロマン派詩人の叫びがここにはあります。法律家や医者、天文学者、科学者と並んで船乗りの言葉が、今日、例えば文学研究の俎上に乗らないのはこうした事情によるものかも知れません。

しかし、クックの言語表現は、本当にそれほどつまらないものなのでしょうか？　確かに航海日誌は、それが事実に忠実であればあるほど、特別な事件が何も起こらない日の平凡な記述が延々と続くことになります。これに加えて、各種の測量結果の微妙な差異に関するコメントなどがあって、それは実際の航海にあってはきわめて重要なものですが、専門家ではない一般読者にとってはおよそ意味不明。ワーズワースが指摘した「船乗り」の言葉のこうしたつまらなさは、いささかなりとも航海日誌の言語に近いはずの散文で小説を書いていたヘンリー・フィールディング（Henry Fielding, 1707-54）の次のような指摘とも合致します。「（目立った出来事がないのに時の経過に合わせて紙を文章で埋めて行くような）歴史書は、事件があろうがなかろうが同じ語数で紙面を埋める新聞と同じようなものだ。それはまた、満員であろうが空っぽであろうがいつも同じコースを走る駅馬車にも準えられよう。」(4)

これは、近代の言語文化における一種の皮肉と言えましょう。人間の個性が輝き、想像力が飛翔するその瞬間を、社会的な身分や従来の文章作法にとらわれず自由かつ率直に描くこと、そういうワーズワースの主張に見られる新しさは、確かに清新な近代言語文化を特徴づけるものと言えます。しかしながら、例えば常に冷静沈着であることを要請される探検航海の途上にあって、そういう瞬間はむしろ稀です。否、そういう瞬間ばかりでは、とても探検航海の科学的成果など期待できない。目立ったことが何も起こらない日が延々と続く中で、地道に測量と観察を繰り返し、これを記録してデータを蓄積することによってこそ、はじめて成果が見えてくる—これもまた、紛れもなく近代的言語表現の特質の一つと言えましょう。両者は確かに全く相容れないものなのかも知れない。それゆえ、それぞれの言語表現はやがて専門分化し、例えば文学研究者が、自然科学の言語表現をはじめ、「船乗り」の言葉にも関心を持つことがなくなってしまったのかも知れません。

ただ、クックの言語表現を仔細に検討してみると、ワーズワースの言う「直接的な感興」とは異なる、しかしやはり人間の力強い肉声として理解しなければならない言葉を、科学的に記すことを課されていたまさにその航海日誌の中にはっきりと読み取ることができるのであります。「旅立ち」の言語表現として私が最もお話ししたいと考えていることは、彼のこうした言語表現であります。それは確かに、ワーズワース的な言語表現とは異なるものであり、彼が「つまらない」と言下に応じるようなものかも知れませんが、しかし、それもまた近代を表象する重要な言語表現なのであって、そこに何が読み取れるのか、ということを考えてみたいのです。今回はこの問題を特に次の三点に絞ってお話しします。第一に実録の複数性ということ、第二に、経験は言語表現によって圧縮されるということ、そして第三に、実録の信憑性について、です。こうしたお話の過程でひょっとすると、ワーズワースが、あるいは私たちが一般に、「法律家や医者、船乗り、天文学者、科学者」の言語と文学言語とを対照的なものとして考えていることの前提が揺らいでくるかも知れません。

さて、第一に実録の複数性ということですが、これは航海日誌に記された次のような記述を読むと明らかです。クック一行が、第二回世界周航の途上、ニュージーランドのダスキー湾に滞在していた一七七三年四月一二日のことです。

午後、天気が良かったので、ホッジズ氏を連れて、湾の南側にある高い山から落ちているかなり大きな滝のところへ出かける。この山は、われわれが停泊している入り江から一リーグは昇ったところ。彼はまず滝の様子をデッサンし、その後油で色をつけた。私があれこれ説明するより、一見して様子がよく分かる絵だ。（一〇〇頁）(5)

言うまでもなくクックは、任務として、事実を正確に記録することを求められており、彼はそれを忠実に履行していました。「大きな滝」があるという記述は、後にこの地を訪れる全ての人々にとって有益な情報になるわけで、彼がこれをぞんざいに記録したということにはならないでしょう。しかし彼は、この滝の様子について、「私があれこれ説明するより、一見して様子がよく分かる」絵にその詳細を委ねています。絵の作者は、引用中にあるように、記録係として同行していたウィリアム・ホッジズ（William Hodges, 1744–97）で、その絵は図3のようなものでした。こうしてみると、確かに両者は記録として相互補完的に機能しているようにも思えます。しかしながら、同じくクックに同行

図3　ダスキー湾の滝
（ホッジズの油彩画、National Maritime Museum, London所蔵）

した人々の中に、この「大きな滝」について彼とはかなり異なる、より詳細な記録を言葉で表現した人物もいました。クックの世界周航に客分（ジェントルマン）として加わっていたゲオルゲ・フォルスター（George Forster, 1754－94）です。彼によれば、この滝は次のようになります。

上方に一八〇メートル登ってみると、全貌を見渡すことができ、実に美しく壮大な光景が眼前に広がっていた。見る者を最初に圧倒するのは、美しい水柱である。それは見たところ七から九メートルほどあり、垂直に切り立った九〇メートルほどの高さの岩から猛烈な勢いで吐き出されている。全体のほぼ四分の一の高さの所で、この水柱は同じ岩盤の下の部分に当たり、そこで少し傾斜をつけ、広い岩盤を背に、約一八メートルの広さまでその清澄な流れを広げている。（中略）我々は、滝壺の前の一番高い岩の上に登って下を見、完璧な円形を描いていることに美しい虹の光景に心を打たれた。正午の太陽光線が滝の水蒸気に屈折して作り出されたものだ。(6)

フォルスターの記述はさらに続きますが、この引用だけでも、クックとは詳細さが格段に違うということが分かります。繰り返しになりますが、クックはこの世界周航にあたって、任務として、また彼自身の気持ちとしても、できるかぎり正確で詳細な記録を心がけていました。ですから、これらの引用に見られるように、クックの記述が比較的ぞんざいで、フォルスターのそれは常に詳細、というわけでは決してありません。実際クックは数種類の膨大な航海日誌の手稿を残しており、彼が事実の記録にいかに腐心していたかがよく分かります。そしてまた、クックが引用中で表明しているように、絵の方が状況を常に正確に表現しうる、ということも必ずしもあてはまらないでしょう。確かにホッジズの油彩画は、滝の全体的な状況とその迫力を見事に伝えています。しかし、例えばクックの記述にある「（船の停泊地の）入り江から一リーグは昇ったところ」などの情報は、島の地理を把握する上できわめて有益であるにもかかわらず、この絵からは分からない。フォルスターが記しているような、垂直に切り立った岩の高さが「九〇メートル」であるとか、滝の流れの下方の幅が「一八メートル」

などという情報も、もちろんはっきりとは分かりません。しかも、ここで注意しなければならないのは、詳細と思われるフォルスターの記述にも、クックの「入り江から一リーグは昇ったところ」という情報はないということです。

このように、ある一つの対象に関する描写を比較することで明らかになるのは、それぞれの記録者がどこまで正確であったか否かという問題ではなく、また、いずれの表現手段が正確さにおいて優っているかということでもなく、むしろ、たとえ正確な記録を残そうとする表現者であったにせよ、その実録は表現者が異なれば異なったものにならざるをえない、という問題です。事実を正確に記したはずの実録が、しかし同じ事実について複数存在する──これは事実と実録の唯一絶対性を信奉する考え方からすれば許しがたいことかも知れません。しかし他方で、事実を見る人が異なれば実録も異なってくるというのは、ごく自然な現象とも言えるでしょう。むしろ、実録と称されるものの中に事実の唯一絶対性を見ようとすること自体が、一種の幻想であるかも知れない。航海日誌における実録の複数性という問題は、事実を正確に記録することを旨としたまさに実録の内部において、その課題の実現が究極的には不可能であること、私たちの表現がいかに多様で複数的であるかということをはっきりと示しているのであります。

航海日誌を読む上で注目すべき第二の点は、言語表現によって私たちの経験は圧縮されざるをえない、ということです。例えば先の引用の少し前、一七七三年二月初旬のクックの航海日誌を見てみましょう。これは最初の南極圏探査からいったん北上し、南緯五〇度付近で、東進もしくは西進してさらに未知の陸地の存在を確認しようとしていた場面です。


二月二日。(海流などを見て)これは陸地が近くにあることを示す有力な手がかりであることは確かだが、果たしてそれが東にあるのか西にあるのか、さっぱり分からない。

二月三日。(僚船アドヴェンチャー号のファーノウ船長は)北西に陸地があるのではないかと言う。なるほどもっともではある。風が許すならば、針路を北西に取って進むことにした。船を上手回しにして西方へ向かった。

二月四日。北微西から西、北西微西の風。針路南七一度一五分西。

二月五日。風ははじめ北西、凪いだ後、南西から西北西。針路北七五度西。船を上手回しにし、針路を北東に取る。その後南西の微風が生じたので、針路を北西に取って全ての帆を揚げる。

二月六日。針路北八度東。船を上手回しにし、西へ向かう。風が強まり、雨が降る。風に向かって航行することを断念。針路を東やや南にとって全ての帆を揚げた。実際、これ以上西へ進む積極的な理由もなかった。

(六九－七二頁)


実際にはさまざまな状況がさらに詳しく記されているのですが、針路決定に関する描写はこの引用で十分かと思います。大筋で言えば、二月二日の時点でクックは、東へ行くか西へ行くか逡巡していたものの、翌三日には、ファーノウ船長の勧めもあって西進を決意、しかし六日には結局西進を断念するということです。フィクションの旅行記、あるいは実録と称しつつも一般読者向けに読みやすくした旅行記であれば、その程度の記述で十分かも知れない。しかし傑出した船長であるクックの航海日誌は、それほど単純ではありません。より詳細に状況を記録する。例えば二月五日、西へ向かおうとしているはずなのに、「船を上手回しにし、針路を北東に取る」とあります。またこの日の後半において、「針路を北西」に取ったにもかかわらず、翌六日前半の針路は「北八度東」。これは一体どうしたことなのでしょうか？　前後関係からみると、西進を始めた直後、北西風が断続的に強く襲って来たので、そうせざるを得なかったと推測できますが、しかし、その刻々と変化する風向きや潮流についての観察記録はありません。あるのは結果としての判断と指示のみです。それほどまでに事態が切迫していたと言えばそれまでですが、それでは実録にならない――。

少し整理してみましょう。私たち一般読者にとってこの一連の記録は、先に大筋で要約した内容、すなわち、二月二日の時点でクックは東へ行くか西へ行くか逡巡していたものの、翌三日には、ファーノウ船長の勧めもあって西進を決意、しかし六日には結局西進を断念する、というだけで納得が行きます。クックの第二回世界周航は三年以上に及ぶ大航海ですから、この記録を通読するとなれば、わずか五日間の出来事はこの程度にしてもらわないととても身が持ちません。しかし実録を標榜するクックにしてみれば、それでは不十分なわけで、西進しつつあったその刹那においても針路を北東方向にせざるを得ない状況に見舞われたことを書き残しておかなければなりません。しかし事態が切迫していればいるほど、その詳細な説明は困難な操船に従事したりする過程で捨象せざるをえなくなる。今私は「事態が切迫していればいるほど」と言いましたが、これは実は必ずしもそうとばかりは言えないでしょう。確かにこの一七七三年二月初旬のクックにとって、事態は切迫していたかも知れない。しかし、一般に人間がある行動を取る時、それに付随しつつも直接的にはその行動と無関係の細かな行動の記憶と記録は忘却されやすいと言えるのです。「今日は朝早く起きて学校へ来た」と早朝に登校して来た学生が語ったとします。しかしその彼は、家を出る前に、いつもより少し長くテレビを観ていたかも知れない。学校へ早く出かけようと早起きしたので時間的に余裕ができてそうしたのかも知れないし、逆に、早起きしたもののあまり学校へは行きたくないので少し長くテレビを観てしまったのかも知れない。しかし結局早めに学校へ来たことには変わりはなく、その結果、テレビのことは記憶からも記録からも抜け落ちてしまう。こうしたことが、私たちの言語表現には必ずつきまとうのです。言語表現は、経験をそのまま逐一表現することはできない、圧縮するからこそ情報として扱いやすいものとなる、しかし、その情報が経験そのものの忠実な記録でないことに変わりはなく、それゆえ、一つ一つの細かな経験の積み重ねによって生じる因果関係も圧縮されて、その表層部分のみが実録に顔を出すことになるのです。実録は、複数の存在を許容せざるを得ないばかりか、実は、一つ一つの経験を逐一正確に記すこともままならないのです。

さて航海日誌を読む上での第三の問題は、実録の信憑性ということです。もちろん、「信憑性」と言っても、意図的な虚言とか欺瞞のことを問題にするのではありません。そうではなく、探検航海のように未知の世界で何が真実なのかを一つ一つ確定して行かなければならない場合、そうした状況を正確に記そうとすれば、事実を記すことはできても、その事実が真実とは限らない場合が生じる、ということです。例えば、クックの次のような記述を考えてみましょう。これは、先の一七七三年二月初旬の引用からひと月半ほど後のこと。実は先の引用の後で、クックが乗船していたレゾリューション号と僚船のアドヴェンチャー号とは離れ離れになってしまいます。東へ行くか西へ行くかのあの逡巡がその原因の一つでした。この年の一月には南極圏での第一回調査を行なっているわけで、その後、僚船を見失うというような困難な航海を続けている一行には、いささか疲労が見える。人も船も、です。そこでクックは、いったんニュージーランドへ戻り、船の修復と食糧の補給を図り、船員に対して休息を取ろうと考えます。三月二五日、レゾリューション号はニュージーランドのダスキー湾に近づいていました。航海日誌には次のように記されています。

朝、風が南から南西へと変わったので、全ての帆を揚げる。さらに多くの海草、アジサシ、ポート・エグモント鳥その他を目にした。まさにわれわれが予期している陸地が近いことの証である。

一〇時、マストの先の見張りがニュージーランドを発見。正午には甲板からも、北東微東から東、約一〇リーグのところに広がる陸地を見ることができた。（九一頁）

ところが、いよいよ入港という翌二六日のこと。

ダスキー湾、あるいはニュージーランド南部にあるいずれかの港に入りたいと考え、われわれは全ての帆を揚げて陸地をめざした。（中略）しかしその後、もう陸地から三、四マイル、湾らしき場所の入り口にさしかかったところで、濃い霧がかかって視界がかすんでしまった。私はてっきりその湾がダスキー湾だと思ってしまったのだが、それは間違いであった。湾の外側に幾つかの島があったので、勘違いしてしまったのである。（中略）この湾はウェスト岬の南東側にある。湾の入り口の真ん中あたりのところにある島の一つに白い断崖が見られることで知られているようだが、私自身は前回の航海でこのあたりの海岸を全く見てはいないし、今回も、こんな状況下なので、われわれがよく見たとは言えないであろう。だから今私が記していることもかなり疑わしいところがあると言わざるをえない。（九一頁）

困難な航海の後、しばらくは鋭気を養うことができる――そういう救いを手にしたかに思えたその直後、あるはずの湾がない、という事実にクックは愕然とするのであります。この直前の航海における測量や操船に油断があったとは決して言えません。彼はいつもと同じく、否、いつも以上に慎重に船をニュージーランドへ近づけていました。それにもかかわらず、どこかの時点で、事実と真実とが乖離を起こしてしまったのです。結果的にはすぐにダスキー湾を見つけることができて事なきを得るのですが、しかし、たとえわずかな距離の誤認であったにせよ、クックはここで実録が内包する根本的な問題を認めざるをえませんでした。「今私が記していることもかなり疑わしい」—。誤認の経緯もまた事実と言えます。しかしそこで残される実録は、それを真実であると妄想して読む者にとってはきわめて危険な記録とならざるをえません。未知のものを確定して行く中にあっては、その危険性が常にある。事実を正確に記すことを心がけていたクックが自らの行為の信憑性に投げかけたこの疑問は、未知の海洋に果敢に挑んだ船乗りの言語表現が、実録に記された事実を安易に科学的真実と見なすような実録信仰を明確に否定したものと言えるでしょう。

本節の冒頭で引用したワーズワースは、一八〇五年に脱稿した自伝的な長編詩『序曲』の最終部分で、友人コールリッジに向けて次のように語っています。「事物の構造—それは人間の希望や不安の／あらゆる転変のさなかにも、依然として、何ら／変化することのないものなのだが—（われわれの愛してきたものは）それよりもさらに／この精神自体が実体と構造とを持っているために、／事物よりもいっそう美しく高められる。」(7) ここでワーズワースは、事物と精神の二元論を前提に、精神の絶対的優位を説いているわけですが、クックの航海日誌という実録から浮かび上がってくるのは、何ら変化することのない「事物の構造」という捉え方自体に、実は大きな誤解が潜んでいるのではないか、という問題であります。そういう何ら変化することのない事物を捉えようとするその刹那、実は本節で見てきたような実録の複数性や経験が圧縮されるということ、そして実録の信憑性といった問題が生起してくる。「何ら変化することのない」という認識は、そもそも幻想に過ぎないとさえ言えるでしょう。そのことにワーズワースはどう答えるのか。「船乗り」の言葉に対する彼の批判に私が疑義を呈したのは、こうした理由によるものであります。近代的諸制度を基盤とし、近代科学の枠を集めた探検航海において、徹底して事物にこだわったはずのクックの実録航海日誌に見られる一種の破綻は、ロマン派詩人たちが探求した清新な言語表現とは別に、実録というもう一つの重要な近代的言語表現の困難さと、その延長線上にある近現代社会への複雑な「旅立ち」を象徴的に示しているのであります。

四　「旅立ち」のかなたに

一七七三年末から七四年初頭にかけて、クック率いるレゾリューション号は、ニュージーランドから南下して再び厳寒の南極圏に突入し、氷海での困難な航海を続けていました。そして一七七四年一月三〇日、彼はついに前進することを断念します。その時の状況を彼は航海日誌に次のように記しています。

午前四時を少し過ぎた頃、南方の水平線近くの雲が雪のように白く輝いていることに気づいた。めったにないことで、われわれがこの先の氷原を進んでいくことが危険であることを告げているかのようである。（中略）氷原が東から西へまっすぐに、われわれの視界を越えて広がっているのが、明るい水平線によって映し出されている。今われわれがいる位置から見ると、水平線のちょうど南半分が、かなりの高さまで氷から反射する光を受けて輝いている。水平線近くの雲は、もう完全に雪のように白く、先端が雲まで達するかというような屹立した氷山と区別がつかない。この巨大な氷原の外側、というか北側の端は氷塊でぎっしりと埋め尽くされており、何ものもそこへ入っていくことができない。（中略）数えてみると、この氷原には九七もの氷の丘というか山がある。　（二五一頁）

あまりの寒さに船全体が凍りつき、航海はきわめて危険な状況にありました。しかしその渦中にあって彼は、不吉な兆候であるにも関わらず、水平線近くの雲が雪のように「白く輝いている（white brightness）」という意識を持ち、雲まで達するおそるべき氷山に、一種の恍惚感に満ちた崇高で「屹立した」という意味の形容詞 lofty をあてています。驚くべき事実と生命の危険に直面したクックは、その刹那、実は極めてロマン派的表現を実録の中に記しているのであります。淡白な実録と情感に満ちたロマン派的表現という、私たちが抱きやすい単純な対比的思考は、ここにおいて完全に崩れ去ります。

しかしながら、この実録が、まさにワーズワース的表現とは異なるもう一つの近代的言語表現のあり方を明確に示すものと言えるのは、まさにそうした恍惚感に襲われたその直後、クックが氷山の数を数えて「九七」と記している点にあります。畏怖すべき南極圏の自然を前に航海続行を断念するという重大な決断の、その只中にあって、彼は、実録の限界を熟知しつつもなお、疲労感や無力感の記述に流れることなく、あくまでも氷の山を数えて「九七」と記した。この「九七」という数字を表現しえたところにこそ、実録の魅力と表現者クックの力量が余すところなく示されていると思われます。それは、ワーズワース的な精神の表現とは全く逆に、「事物の構造」の中にあってはじめて浮かび上がる研ぎ澄まされた精神の美しさと言えるでしょう。

クック的言語表現に見られるこの精神の美しさと実録の魅力は、事実を探求し科学的に真実を見極めようとする強靭な近代的精神の発露、あるいは近代人の夢と言い換えてもよいでしょう。そういう近代人の夢を基盤として、地球の全容が次第に明らかになり、世界地図が精度を増して行きます。もちろんその先に、私たち二一世紀の人類は、植民地争奪戦があり、帝国主義列強の衝突があり、そして世界大戦に至る道のりがあったことを知っています。しかしながらこの道のりは、同時に、クックの探検航海をめぐるさまざまな近代的「旅立ち」の形やその実録航海日誌が如実に示しているように、社会的政治的制度にせよ、情報収集のために蓄積される言語表現にせよ、世界地図をもとにした私たちの世界観にせよ、二一世紀の人類の存立基盤形成に関わる巨大なエネルギーに満ちた道のりでもあったわけです。やや図式的な言い方になりますが、この巨大なエネルギーとその危うさを併せ持った近代人の夢を私たちはどのように昇華して行くことができるのか。クックの「旅立ち」の言語表現は、まさにそうした問いを二一世紀の人類に投げかけているように思われます。

注

（1）現在地を知るためには経度を測定しなければならないが、経度測定には洋上にあっても時刻を正確に知ることのできる精密時計（クロノメーター）が開発されなければならず、一八世紀当時のヨーロッパでは、この精密時計の開発競争が熾烈をきわめた。参考文献に挙げたデーヴァ・ソベル著『経度への挑戦—一秒にかけた四百年』はイギリスにおける本格的な精密時計の開発者ジョン・ハリソンの苦難に満ちた足跡を活写したものである。

（2）引用は、William Wordsworth, "Preface to *Lyrical Ballads, with Pastoral and Other Poems*（1802）", *William Wordsworth*, ed. Stephen Gill, The Oxford Authors（Oxford: Oxford UP, 1984）, p. 605より拙訳による。

(3)　コールリッジの「老水夫行」の原題は“The Rime of the Ancient Mariner”で、『抒情民謡集』に掲載された。ただし、コールリッジやワーズワースが接したクックの当時の航海記は、ジョン・ホークスワース（John Hawkesworth, 1715-73）が国王ジョージ三世（George III, 1738-1820）の指示によって記した一般読者向けの書き換え版である。クックの航海日誌の原文が本格的に一般読者の目に触れるようになるのは二〇世紀になってからのことである。

(4)　引用は、Henry Fielding, *The History of Tom Jones, A Foundling*, ed. Thomas Keymer and Alice Wakely（London: Penguin, 2005）, p. 73 より拙訳による。

(5)　以下、本章におけるクックの航海日誌からの引用は、『クック　南半球周航記（上）』（原田範行訳、岩波書店、二〇〇六年）によるもので、本文中に頁数のみを記した。なお一部、字句を改めた箇所がある。

(6)　引用は、『フォルスター　世界周航記（上）』（服部典之訳、岩波書店、二〇〇六年）二八-二九頁による。

(7)　引用は、William Wordsworth,“The Prelude,”*William Wordsworth*, pp. 589-590 より拙訳による。

〈参考文献〉

＊著者姓名の五〇音順、比較的容易に入手可能なもの
石原保徳、原田範行『新しい世界への旅立ち』（シリーズ世界周航記別巻、岩波書店、二〇〇六年）
ジェイムズ・クック『南半球周航記（上下）』（原田範行訳、岩波書店、二〇〇六年）
　本書は、クックの第二回世界周航に関わる航海日誌の全訳である。なお、クックの三度にわたる世界周航の航海日誌の全貌は、James Cook, *The Journals of Captain James Cook on His Voyage of Discovery*,

ed. J. C. Beaglehole（Cambridge: Cambridge UP for the Hakluyt Society, 1955–74（全四巻、第三巻は二冊）によって知ることができる。抄訳は、『太平洋探検』（全五巻、増田義郎訳、岩波書店、二〇〇四-二〇〇五年）を参照。

クリストバール・コロン『コロンブス航海誌』（林屋永吉訳、岩波書店、一九七七年）

デーヴァ・ソベル『経度への挑戦―一秒にかけた四百年』（藤井留美訳、翔泳社、一九九七年）

多木浩二『船がゆく―キャプテン・クック　支配の航跡』（新書館、一九九八年）

多木浩二『船とともに―科学と芸術　クック第二の航海』（新書館、二〇〇一年）

多木浩二『最後の航海―キャプテン・クック　ハワイに死す』（新書館、二〇〇三年）

ジョン・バイロン、ジョージ・ロバートソン、フィリップ・カートレット『南太平洋発見航海記』（原田範行訳、岩波書店、二〇〇七年）

J・C・ビーグルホール『キャプテン・ジェイムズ・クックの生涯』（佐藤皓三訳、成山堂書店、一九九八年）

ゲオルゲ・フォルスター『世界周航記（上下）』（服部典之訳、岩波書店、二〇〇六-二〇〇七年）

ルイ＝アントワヌ・ド・ブーガンヴィル、ドニ・ディドロ『世界周航記／ブーガンヴィル航海記補遺』（山本淳一、中川久定訳、岩波書店、二〇〇七年）

ジャン＝フランソワ・ド・ギャロ・ド・ラペルーズ『太平洋周航記（上下）』（佐藤淳二訳、岩波書店、二〇〇六年）

第四章　江戸の旅日記を読む

——文人画家井上竹逸の場合——

成澤勝嗣

はじめに

画家・井上竹逸《ちくいつ》（一八一四〜一八八六）の名前を知っている人は、日本美術史に相当くわしい方々の中でも、おそらく少ないでしょう。彼は幕末に近い文化十一年（一八一四）六月十六日、江戸で生まれた下級武士です。亡くなったのは明治十九年（一八八六）四月三日で、当時通例の数え年でいうと七十三歳でした。ちょうど幕末から明治維新にあたる、とてもややこしくて、目まぐるしい時代を生きたわけです。井上家は、幕府直属の旗本・梶川氏の用役をつとめる家柄でしたから、倒された側の徳川方に属しておりました。ちなみにこの梶川という家は、忠臣蔵で有名な例の江戸城松の廊下における刃傷事件のとき、浅野内匠頭を抱きとめたことで知られる旗本・梶川与惣兵衛の末裔であったようです。

まずは竹逸の基礎的な伝記事項を記しておきましょう。以下は今でも一般に出回っている『日本画家辞典』（澤田章編）や『大日本書画名家大鑑』（荒木矩編）というような本に載っている竹逸伝をまとめたものです。両書とも、竹逸伝の出典を『台北先賢伝』という書物だとしていますが、この『台北先賢伝』なる本、探してはみたのですが見つけられませんでした。おそらく、井上家の菩提寺であ

図１　町田石谷筆　井上竹逸像
（部分・個人蔵）

る大善寺に、かつて建てられていたという「井上竹逸居士小伝」の石碑に拠った記録だと思われます。石碑そのものは、もう残っていませんが、竹逸のご子孫のお宅には、この石碑の原書と思われるもの[1]や、竹逸晩年の肖像画（図１）が保存されています。

【井上竹逸略伝】 ※（　）内は本稿筆者による補足

名は令徳、字《あざな》は季蔵、通称は玄蔵（あとで紹介する竹逸の「自筆履歴書」では、字は源蔵、通称は孝蔵また源蔵と書かれています）。徳川幕府の士・梶川与曾兵衛の家臣。幼少より才知すぐれ、文武の道を修める。経史を大黒梅隠に、撃剣を堤宝山流武蔵（武藤か）伝蔵に学ぶ。また画を好み、谷文晁・渡辺崋山の門に入り、山水人物をよくす。椿椿山、福田半香、山本琴谷とともに、崋山四天王の世評ありという。天保十年（一八三九）、長崎奉行田口加賀守に従って赴任し、同十二年任満ちて帰る。翌年また堺奉行某（伊奈遠江守）に従って赴任し、在勤一ケ年（実際には三カ月ほど）、近畿の名勝巨刹を探訪写生する処あり。

これより先、長崎で高島秋帆について西洋の火技（砲術）を学び、日本の兵制改革の必要を知る。

のち秋帆の罪を獲るに及び、竹逸自らの無力を思い、飄然として思を花月に寄す。嘉永二年（一八四九）父の没後（墓碑によれば父忠輔の死去は同三年となっています）家督を継ぎ、梶川家の用人となる。元治元年（一八六四）家を子徳太郎に譲って退隠。鳥海山人について中国式の七弦琴を習う。

はじめ番町に住む。維新の際、谷中本村に移り、一茅屋を開き、猿を飼い孤座琴を弾ず。家貧しく、日に竹籃を提げ、枯魚（干物）を売って市中を徘徊する。友人これを憫れむ。のち東台東漸寺に家を借り、骨董屋を開くも利益なし。琵琶法師を雇って琴を合奏し、客に聞かせて僅かに生活費を得る。

ときに旧主梶川氏、駿河（静岡）にあって生計に窮するを聞く。竹逸これを憂い、愛琴を山内容堂侯に売り、若干金を得て駿河に至り、旧主に謁見してその困窮を救う。駿河の人この美談を聞き、竹逸に画を乞う者多し。

晩年東京に帰り、根岸鶯谷で余生を送る。明治十九年四月三日病没す。年七十三歳。本郷丸山大善寺に葬る（昭和二十二年頃に大善寺は廃絶し、墓所は西巣鴨の盛雲寺に移されています）。

こうして坦々と書き上げてしまうと、何だか薄っぺらなような感じがしますが、これはいわば、竹逸伝の骨格にあたるものと考えてください。小稿ではこれからこの骨格に肉付けをして、生き生きとした現実感が伝わるような竹逸伝を作っていきたいと思います。

一　竹逸と渡辺崋山

幼年の頃から竹逸は絵が好きで、渡辺崋山（一七九三～一八四一）に山水画の手ほどきを受けました。崋山は江戸時代を代表する画家のひとりとして有名ですが、本職は、愛知県の渥美半島に居城をもつ田原藩三宅家の家老ですから、この人もやはり武士です。崋山が江戸で住んでいる田原藩上屋敷は麹町半蔵門外（今の三宅坂あたり）であり、竹逸の宅は番町（のち牛込）にありましたから、ほんの近くでした。のちに竹逸は、椿椿山、福田半香、山本琴谷とともに「崋山四天王」と呼ばれて評判になったそうですが、それが竹逸の生前からの名声か、後世になってできた世評なのかはわかりません。

竹逸自身が晩年に綴った自筆の履歴書が残っています。(2) それによれば天保五、六年頃に前後三～四年間、崋山から山水画を教わったと記しています。天保五、六年頃といえば、竹逸が二十一～二十二歳の時に当たりますが、実はもう少し早くから崋山と面識があったようです。師匠である渡辺崋山の日記『全楽堂日録』（『渡辺崋山集』第一巻、日本図書センター、一九九九年）を読んでみますと、

文政十三年（一八三〇）十一月一日

「十一月　朔　　授画諸弟、井上源蔵来」　竹逸十七歳

天保元年（文政十三・一八三〇）十二月二十日

「廿日　雨　　井上源蔵、十右衛門、助惣来」　竹逸十七歳

天保二年（一八三一）三月二十二日

「廿二日　雨　（中略）井上源蔵臨発到求画」　竹逸十八歳

※　発到＝発途？　旅立ちにあたって絵を求めに来た、ということか。

というように、通称を源蔵といった十代の竹逸が、すでに崋山のところへ出入りしていたことがわかります。

さらに、彼が描いた山水図に、崋山先生が朱筆で訂正を加えたものが、ご子孫のお宅に現存しています。つまり、竹逸が崋山から添削指導を受けた学習時代の作品です。そこには竹逸の筆による「予此図造、華山先生応此図直、時天保甲午春正月日」という書き込みがあって、すなわち竹逸二十一歳の天保五年（一八三四）一月に、崋山から直してもらったものであることがわかります。

また、先ほどあげた履歴書には「かつて崋山先生に南宗画、北宗画という宗派のことを尋ねたとこ

ろ、これは昔の人の画の趣によって、南宗といったり北宗と名付けたりしているだけのことで、自分から称するようなことではないといっていた。それでは先生の描き方はどうなのでしょう、と尋ねたところ、崋山は笑っているばかりで答えてくれなかった」という面白いエピソードが記録されています。江戸時代の画家をこの二種類のイメージで捉えることは、今でもよくおこなわれている便利な分類ですが、さまざまなスタイルを描きこなした崋山は、そんな分け方は自分が絵を描くうえでは無意味である、と笑っていたようです。

さて、同じ履歴書によると、竹逸は「その後は自分も裕福でなく、勤めに忙しくて余暇もないため、絵の稽古はしなかった」と述べています。実のところ、彼が師と仰いだ渡辺崋山は、天保十年（一八三九）五月、蛮社の獄という事件（幕府による洋学結社の弾圧）に巻き込まれて逮捕され、同十二年十月、蟄居中の領地田原でついに自刃して果てました。幕府の対外政策を批判する『慎機論』という著作が見つかって、咎となったのです。竹逸は多くを語りませんが、この時期、せっかく習い始めた絵から彼が遠ざかっていったことは、崋山の悲劇的な最期と何がしかの関連があったのではないかと私は疑っています。

なお、竹逸の現存する作品としては、渡辺崋山との縁故から、愛知県の田原市博物館が「于公高門図」（図2、渡辺崋山作品の摸写）や「万里長江巻」などを収集所蔵しています。これはありがたいことです。ほかにも民間に数点の所在が確認されていますが、決して多いとはいえません。名前が知ら

図２　井上竹逸筆　于公高門図
（田原市蔵）

れず、したがって伝記も値打ちもはっきりしない。そんな画家の作品は大切にされませんから、人知れずお蔵の片隅で眠っているものもきっと多いのだろうと思います。

二　竹逸の旅日記

天保十年（一八三九）七月二十二日、竹逸は、長崎奉行となった旗本・田口加賀守清行（?〜一八五三）の用人として江戸を出発し、長崎へ向かいました。まさに蛮社の獄で崋山が囚われの身となった直後のことです。長崎で一年あまりを過ごした後、翌十一年（一八四〇）九月二十三日、任満ちて奉行とともに長崎を出立、十一月五日江戸へ帰っています。さらに二年後の天保十三年（一八四二）十一月、こんどは堺奉行となった旗本・伊奈遠江守斯綏（これやす？）に従って再び上方へ向かいます。十二月十五日までには堺に到着しました。翌十四年（一八四三）二月二十三日に御暇をもらい、三月一日、一人で堺を出立。近畿の名勝巨刹を探訪して三月二十七日江戸へ戻りました。

長崎奉行や堺奉行という役職は、旗本の出世コースでした。こうした遠国奉行に抜擢されて任地へ単身赴任するには、それなりの行列を整え、家来を率いて行かねばなりません。ところが普段それほどの家臣数を抱えていない旗本の家では、期限付きで奉公してくれる者を臨時に集めて人数をそろえたようです。竹逸のように他の旗本の家臣の子で、まだ定職のない若者に白羽の矢が立ったのでしょう。実際、堺奉行に随身するとき、竹逸は事前に「来年は日光御参詣のお供をする予定があるから」という条件を提出して、伊奈遠江守から期限付きのお供にしてもらっています。ですからこの場合、約束どおり任期途中で御暇をいただき、堺から一人で江戸へ戻ってきたのです。かたや田口加賀守には、長崎から江戸へ戻った後も、ある程度の期間仕えていたようですが、嘉永三年（一八五〇）六月三日にお父さんの井上忠輔が六十九歳で亡くなると、竹逸は家督をついで梶川家の用人となっています。

交通手段といえば徒歩か、駕籠か、馬かというような時代です。また現代のように自由な旅行ができる社会体制でもありません。そんな中で竹逸のように、若くして長崎や堺（ついでに大坂へも遊びに行っています）へ出かけることができた人間は、当時としてはきわめて稀な経験と見聞をしたといってよいでしょう。

さらに私たちにとって幸運なことに、竹逸は若くから実にこまめに日記をつけていました。そのうちの六冊、ちょうどこの二回の大旅行を含む部分が、現在も残って保存されているのです。六冊のうち五冊は神戸市立博物館の池長孟コレクションの中にあります。各表紙に九、十、十一、十三、十四と朱書きしてあるのは、本来の通し番号だろうと考えられます。そして神戸市立博物館の分から抜けている第十二冊目は、竹逸のご子孫の家に残されています。両方あわせると、天保十年七月二十一日〜同十四年五月十二日分がほぼ揃うわけです（ただし、江戸から堺へ向かう道中記が抜けています）。第十二冊が井上家に残されたのは、長崎と堺に滞在中の旅日記の分だけが何かの理由で抜き取られて、流出したのではなかろうかと想像されます。第一〜八冊目と十五冊目以降は、今のところ残念ですが行方がわかりません。いずれも使い古しの反古紙を横綴じにしたもので、細かい筆でびっしりと書きこまれています。各一四・三×二一・〇㎝という小型の冊子ですから、旅行の際はおそらく肌身につけて携行し、ところどころに挿入されている旅行中のスケッチなどは、その場で写し取った生の作画ではないかと思われます。

かつて神戸市立博物館で学芸員をしていたころ、所蔵品の価値を知ることは学芸員のいちばん大切な務めですから「よし、いっちょ読んでみたろか」と決心して読み始めたのはよいのですが、悲しいことに私の専門は美術史で、こういった古文書を読む訓練も積んでいませんので、最初のうちは何がなにやら、さっぱり解読することができませんでした。他人の日記を読むなんて、何だか覗き見趣味のようで、ちょっと後ろめたい気分があったのも確かです。ただ「この画家のことが知りたい」という一念でとろとろ読み進めていくと、そのうちに竹逸の文字の癖も飲み込めてきて、しだいに面白くなってきました。

それはひとえに彼の日記が赤裸々で、時代の隔たりはあっても、同じように人間として生きているのだと共感させるところがあったからなのだろうと思います。この日記は人に読ませるための紀行文学をめざして書かれたものではなく、あくまで私的な日常生活の記録ですから、文章も推敲してあるわけではなし、またあちこち書き間違いもあって未熟なのは仕方ありません。ただ、幕末まぢかという時代を生きた若き文人の心情が素直に吐露されている点に、まことに初々しくて好ましいところがあるのです。

竹逸の日記をとおして私は、天保という時代の息遣いを、ほんの覗き見程度にせよ実感することができました。そして、古人の日記や手紙を読むことが、無駄な作業のように見えても、実はその時代を研究する上でとても有効な方法であることを思い知りました。

これまでほとんど人目にふれる機会のなかった竹逸の日記です。この懐徳堂講座に参加していただいた皆さんが、少しでも竹逸という画家のことを知ってくださったら、古人もきっと喜ぶのではないか、と勝手に決め付けて、今回のテーマとしました。ただ、先にもいいましたように私は文書解読に関しては独学の素人ですから、まだ読みきれていない文字もありますし、おそらく細かい部分で読み誤りもあることでしょう。ですから今回は、この両度の旅日記の中から、ほんのさわりの部分を選んで紹介していきたいと思います(3)。

三　竹逸、長崎へ行く

さて、ではいよいよ江戸を出発です。まず東海道を西へ進みます。竹逸は古物を見るのが趣味でした。また収集もしていたようです。歴史や美術の好きな若者だったのでしょう。長崎へ向かう旅路でも、しばしばその古物趣味を発揮しています。以下に日記から、そうした部分を三件だけ抜き出してみましたが、江戸出立の直後からさっそく、沿道の古碑、社寺旧跡、はては古道具屋にまで目を光らせ、すきあらば立ち止まって観察記録しようと狙っていることがわかります。でも、物見遊山の旅ではありません。奉行のお供という大切な仕事で行っているわけですから、なかなか自分の思うようにならないことを嘆きます。

【天保十年七月二十三日】　神奈川

予は朝ひばん（非番）にて馬にのり、道の程も朝の程は涼（し）くて、漸々《ようよう》神奈川宿《しゅく》入口に至る、左に塚の如き者有之《これあり》、其《その》上に板碑有之、見たくは思へども、馬上なればかなはず（叶わず）、

【天保十年七月二十六日】　三島

三嶋、提灯引立出立、朝御供《おとも》にて柏原迄来る、夫《それ》より替りて蒲原へ七つ前につきぬ、予、三嶋より三、四町来る時、右の方へ小家のふる道具屋あり、ここに香盧箱《こうろばこ》之有り、予其れを得たく思へども、供《とも》なればならず、

【天保十年七月二十七日】　興津

朝、提灯引立出立、由井を打すぎ、此宿を出はづれて由井川あり、景色可也、夫《それ》よりやや歩みて坂有、昇りて金沢に至る、此地名物、さざひ、あはびを以《もっ》てすといふ、予はしばしやすろふて行程《いくほど》に、さつた山（薩埵峠）に至る、此所のけはしき（険しき）と絶景とは、人々の知る所なれば記せず、興津《おきつ》の清見寺は山の中腹に有、観音堂は後の山に有といふ、行事《いくこと》を欲すれども、供をくれん（遅れん）事をおそれて行かず、

【天保十年八月七日】 京都

この日、東海道の終着駅である京都に着きました。ここから淀へ出て、船で淀川を下って大坂へ向かいます。京都の東山七条には、かつて豊臣秀吉が作った巨大な方広寺大仏殿がありました。場所は今の京都国立博物館のあたり。奈良の東大寺大仏殿よりもさらに大きな建物でしたが、寛政十年（一七九八）に落雷からの出火で焼失してしまいました。ここで小休止したのでしょう。竹逸はその焼け残った瓦や、屋根の四隅についていた風鐸を見ています。風鐸ですらふつうの鐘ほど大きく、内部で音を出すための舌が金製だったと記します。また、例の「国家安康」という文句で豊臣家滅亡の引き金となった梵鐘の銘文を、拓本に採っています。

夫《それ》よりやや行《いき》て大仏前へ行ぬ、此辺《このへん》もよき町にて、大仏の跡へ行《いき》見れば、前は石垣有、石の大き（さ）七・八尺斗有様《ばかりあるよう》に覚《おぼ》ゆ、此前に耳塚あり、其形（図あり）如此《かくのごとし》、一尺程、土を高く還《めぐ》りて、其上に石にて五輪を立置《たておき》ぬ、やや行て観音堂あり、其左に少しの家あり、此処《ここ》に古瓦二つ三つ有、其外四方エ付る風輪（風鈴）あり、大（き）さ鐘程の如く、其舌《ぜつ》にも金にて造る、外にも色々の物もありぬ、

又、大仏の在《あ》りし所え行見《いきみ》れば、其所一段高くて、其まはりは皆石を敷き、其輪《まわ》りには郭楼少し出来かかりて有ぬ、こは近頃ある町人の建立のよし聞きぬ、すべて此辺は皆草莽々《もうもう》として有ぬ、

嗚乎《ああ》、昔時豊公（豊臣秀吉）立し（建てし）を思ば、実に憐《あわれ》をもよふす程と成ぬる斗《ばかり》なり、是にて、かの銘など摺りて遊びぬ、是又《これまた》旅中の一奇事にて面白くも覚えぬ、ここにしばらく如此《かくのごとき》事をせしかに、此所堂守の主《ぬし》来りて、予の所為、如此するを見て、其好事《そのこうず》なるを知りぬるか、わざわざ奥へ入て一冊の本を出して、予にをくりぬ（贈りぬ）、

四　竹逸、長崎で異国風俗を見る

大坂で初めて三日間の休憩があって、それから山陽道、長崎街道を進み、九月六日に長崎へ入りました。長崎に滞在中の日記は、長崎奉行という職種の日常を知る上で貴重な史料となります。奉行は御巡見として、あちこち視察にまわりますから、竹逸もお供で、一般人が立ち入れないところまでついていくのです。当時の長崎は、中国とオランダを相手に貿易をおこなっており、外国に向けて開かれた窓のような、日本一の国際都市でした。長崎でしか経験できない異国の香りを、竹逸は若者らしい好奇心で生き生きと記録しています。

なお、この時期の竹逸は、日記に「もう絵を描くのは止めようと思う」と記すなど、ときに鬱屈した気分が顔をのぞかせます。たとえば、奉行から絵を描くよう命じられたとき（天保十年十月七日）には「予、故郷に有るころは、必ず画は書くまじく思ふ故に、父の命をもそむきし事も有りけるに、

今は節《せつ》を立《たて》たるも能《あた》はずして画かく事をいかがはせん」とブツブツ言っています。崋山の逮捕に衝撃を受けたためでしょうか、何か思うところがあって絵筆を断っていたような感じです。

【天保十年九月十日】　長崎

この日はまずオランダ船に乗り、その掃除が行き届いていることに驚きます。その前に乗った唐船とは雲泥の差でした。それから出島へ乗り込みます。扇形の出島は、海に浮かぶオランダ人の商館兼居留地ですが、そこに入って、窓が障子でなくビイドロ（ガラス）であること、阿蘭陀涼み所と呼ばれていたビリヤード台のある娯楽室のようすなどを観察しました。もちろん、どちらも一般人の立ち入り禁止場所です。

今日は沖御巡見に出にぬ（ママ）、（中略）此より□□も巡見の所多《おおく》ありぬれども、予は行《いか》ずしてラン船（オランダ船）乗りぬ、其前に唐船へ内々にて乗りて見るに、船のまはりには甚《はなはだ》きたなくて、或は糞の付《つき》し所も多く有りぬ、中の様子も実にむさくして言《いう》べきなし、こは売船ゆへと覚へぬ、

其よりラン船へ行て見し所、唐船とは打てちがひ、水の付く所迄□て拂除（掃除）して美なる事共《ことども》なり、乗りて見れば水を去る事凡《およそ》二丈程も有りぬ、船中の様子は廻りに石砲をかまへ、また鶏なぞを箱にかひ置ぬ、此外、はしごなぞを引上るには皆ゼンマイヂカケにてしぬ、帆柱なぞ

も皆ゼンマイなり、又あかりとりとて板子の間にくさびの如くにスイセウ（水晶）を入置ぬ、又外にも大成《おおいなる》あかり取《とり》もありて、船の底方へ到りてもやはり上に居る様なり、其所に皆左右は人々の居る寝室をかまへ、中の所は皆座敷様なり、其外、食物を入る所なぞも有り、又にる（煮る）所は船の上の方に有りぬ、大略に其図を写し置ぬ、此外、銅を入置所なぞ広太なる事共なり、船中には一もちりなぞとてはなし、

見終りてより本の船に乗移りて、出嶋《でじま》のヲランダ屋敷へ行ぬ、四方塀をかまへ、海の方に八門を□ぬ、屋作の様子常なれども、其外の様子ハ皆ラン人の作りと見へて、人々に門をかまへ、内に居る時は内よりしまりを付け、外に出る時は外よりする様になしぬ、又しょうじ（障子）なぞは皆々ビイトロにてはり置れば、あける事なくて用ぞたりぬ、又、内の柱は多く白き物にぬり置ぬ、其外、はり付も皆々白き形にてしぬ、又多くヒイドロの鏡を掛置ぬ、或言《あるいはいう》、如此《かくのごとく》するゆへは、門口に人来れば居間に居《いる》も誰々と言《いう》を直《ただち》に知りぬと、故に方々に物を出し置ぬれども分失（紛失）する事なしといふ、工夫の程こそ大《おおい》（な）れ、居間の様子、寝居の様子等は大方船も同じ様にて、ただ広きといふ迄のみのよふなり、されど是は表の居間なれば、内実の所は知れず、

此外、方々《かたがた》廻り見るに、或《あるい》は風見様《よう》の物、或ははかり、或は日時斗（日時計）の様の物、サンコジ（珊瑚樹）を取物なぞ、皆々新奇なる事共なり、又一軒の家あり、此所には大成《おおきなる》机の様の物ありて、其四方に小さき穴ありて網を付置《つけおき》ぬ、其机のわきに棒の如き長二・三尺の物ありぬ、こ

はラン人が遊《あそび》に玉を打て、其玉を打入《うちいれ》て、已《おのれ》が玉は入（ら）ざる時は勝となして、カケ物（賭け物）をするよし、是又見事成《みごとなる》事共なり、又門の作り方、塀の成方等々、奇となる事共なり、皆々目を驚ろかす筈の物共《ものども》なり、見終りて江戸町の方の門を出て帰りぬ、

【天保十年九月十五日】長崎

八朔、つまり八月一日（＝朔日）は、徳川家康が初めて江戸城に入城したお祝いの日です。長崎では、有力町人や地役人、社寺、中国人、オランダ人までもが、奉行に対してご祝儀の八朔銀を贈る慣わしがありました。ちょっと遅くなったようですが、この日、出島のオランダ商館長たちが奉行所へ参上します。奉行を待つ間、檻の中の獣のように彼らが歩き回るのを、竹逸は見ていました。スケッチもしたようです。

朝は紅毛人八朔《はっさく》の御祝儀とて御役所来りぬ、是に付、立山の奉行（戸川播磨守安清、もうひとりの長崎奉行）も来《きた》り給ふ、ややありてラン人（オランダ人）来《きた》りぬ、両人共に通例の駕籠《かご》に乗りて門外におり、衣服を着して冠をかぶりて入ぬ、門にては冠をぬぎ、又かむりて玄関にて取捨ぬ、しば登りて諸人に相揆（挨拶）して、次の間に立て居、前後左右に歩みて少も止り居る事なし、しばらくして奉行両人、立合家老用人出てラン人に御逢有之《おあいこれあり》、其形とは別に記す、是よりして、別に

家老、用人等に逢ひて後に帰りぬ、

【天保十年九月十八日】長崎

オランダ船が本拠地であるジャワ（インドネシア）へ帰ることになり、先日と同じく、商館長（カピタン）と書記役（ヘトル）がお別れのあいさつに来ました。奉行の前で慣れない正座をして、お辞儀するオランダ人の苦しそうな様子を竹逸は見逃していません。商館長の顔をスケッチしましたが、うまく似なかったといっています（図3・4）。なお、竹逸の日記に写し取られたこの幸運な商館長は、名前をエドゥアルド・グランディソンという人でした。

今日者《は》カビタン、ペトル御《お》暇《いとま》被下《くだされ》候とて、予が如きも四人詰成《なり》、彼者共《かのものども》来りて、例の如く広間次々遊歩して居りぬ、而後《しかしてのち》、君（長崎奉行田口加賀守）には戸川侯（戸川播磨守安清、もうひとりの長崎奉行）と同座にて、何やうの事共《ことども》仰（せ）事ありぬ、其時は彼《かの》両人共に拝して居る所、実に苦るしき様子なり、ややありて又、次の間にて、家老、用人共に面会ありて召仰《めしおおせ》同く、又々色々の達し事共ありて、酒樽とこんぶ、するめ等の被下物《くだされもの》ありぬ、こは例年の事と見ゆ、予、例の癖にて其形なぞを画図せしが、もとより不便なれば似もせじ、

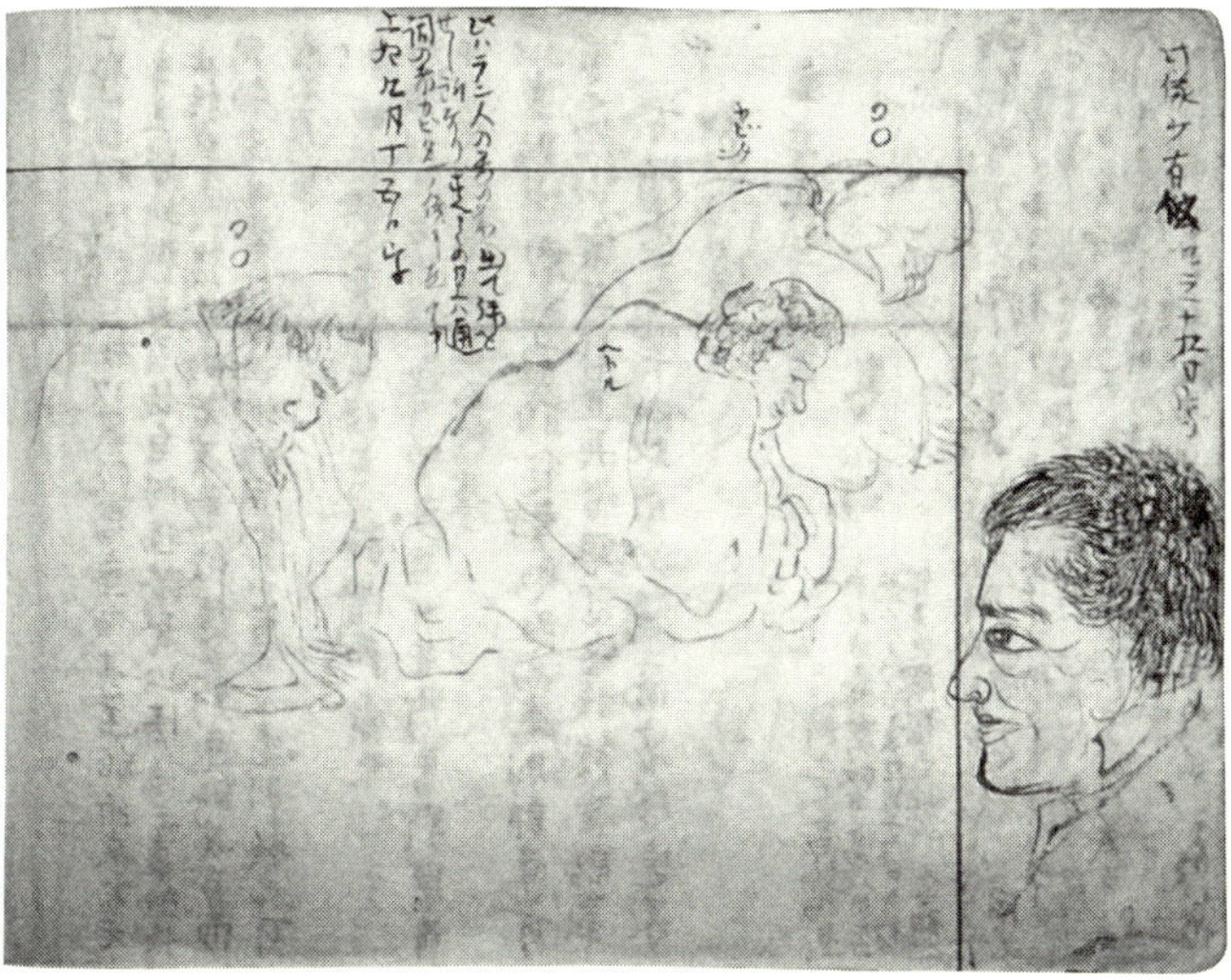

図3　お辞儀するオランダ人
（神戸市立博物館蔵）

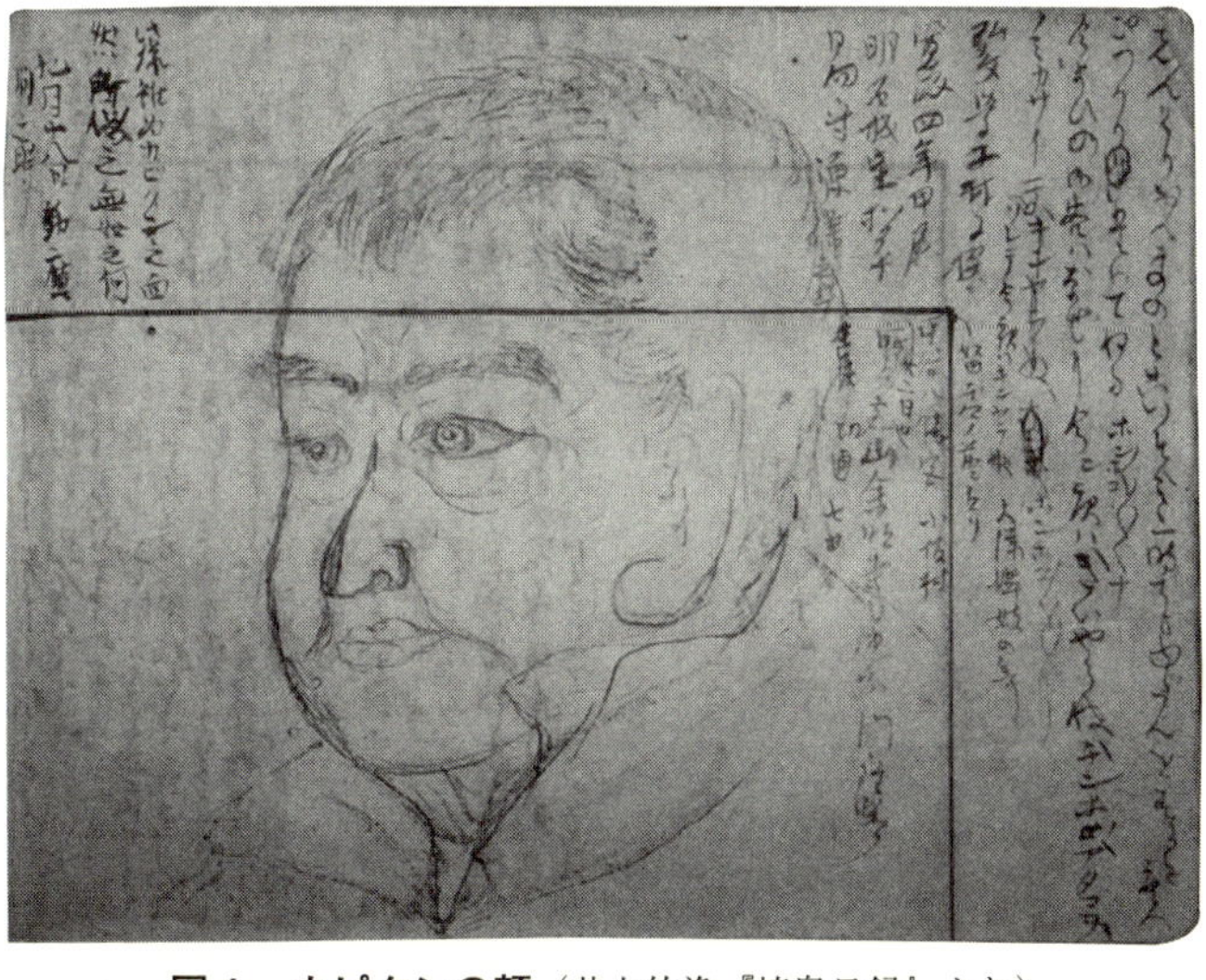

図4　カピタンの顔（井上竹逸『崎奥日録』より）
（神戸市立博物館蔵）

【天保十年九月二十日】 長崎

いよいよオランダ船（紅毛船）が出帆する日です。巨大な蘭船は、日本側が出した無数の小さな引舟に曳かれて港の外へ出ていきます。出帆を祝って、蘭船は幾度も礼砲を発射します。もちろん空砲ですが、地面も揺るがすような大音響でした。蘭船の礼砲は長崎名物のひとつで、ほかにも多くの旅行者がそのことを記録しています。

今日は当地に付《つき》てより第一の晴天なり、されど夕方少雨、朝、嶋原の君（島原藩主）松平主殿頭様《とのものかみさま》到り給ふによりて、戸川君（もうひとりの長崎奉行）も到り給ふ、（中略）帰り給ふ後、昼後、君（田口加賀守）には戸川君と同道にて彼の君の蔵屋敷に到給《いたりたま》ふ、

今日は紅毛船出帆にて有りければ、諸方付《しょかたつき》の役達も来りぬ、又窓より望み見れば紅毛船には色々帆なぞを引上て、海上には多く引舟、凡《およそ》五六十艘に、又諸方よりの見物船ども多《おおく》出ぬ、昼九ツ過にいかりを上げてより石砲を凡四つ程打《うつ》、ややすぎて復《また》石砲を六程打、是よりして引舟にて引出ぬ、いとのろき事共なり、帆のかけかたを見るに種々の形にかけて言語にも及びがたし、是より西泊《にしどまり》の辺をもすぎて又々石砲を打事《うつこと》十一・二程打《うち》ぬ、是より又々□□□□へ出て、夕方に成て、又々石砲を四ツ程打て此に留《とま》り居るよふに見ゆ、すべて石砲を打時《うつとき》には山海に鳴りひびき渡りて、ち（地）も動くよふにぞ覚へぬ、されど彼船《かのふね》（ママ）と少しも動ずる様子なし、彼舟去り（て）後、沖の方

を望むに何やらさみしきよふに思ゆ、されば其□□なる事は思ふべし、

【天保十年九月二十二日】　長崎

今日は、中国人居留地である唐人屋敷を見回ります。こちらは出島のような孤島ではありませんが、やはり周りは、堀や塀によって厳重に隔離されていました。内部の様子は、長崎で摺られた絵図がありますので、そちらを参照してください（図5）。

図の左下の隅が出入り口です。ここから入って右へ進んでいくと、正面に土神堂《どしんどう》（土地の神を祀る）があります。さらに進むと右下の突き当たりに天后堂《てんこうどう》。ここは航海の女神である媽祖《まそ》菩薩（別名を天后聖母）を祀るお堂です。唐船の中には、やはり小型の媽祖菩薩像を祀る神棚があって、船が無事に長崎へ着いた後、その媽祖像は、出帆までの間この天后堂に預け置かれました。それを納めに行く行列を長崎では「菩薩揚《ぼさあ》げ」と呼び、絵図の下方にも描かれています。

天后堂を左へ曲がって、絵図でいうと右上の角が観音堂です。竹逸はここでおみくじのようなものを見ました。道端には、唐人が菓子や酒を売る小間物店が出ています。絵図にもたくさん見える長屋が唐人部屋といい、彼らの住居です。二階の上級船員の部屋へ上がり、竹逸もお菓子をごちそうになりました。

長崎の遊郭である丸山町と寄合町は、ちょうど唐人屋敷の裏手にありますが、そこから遊女たちが

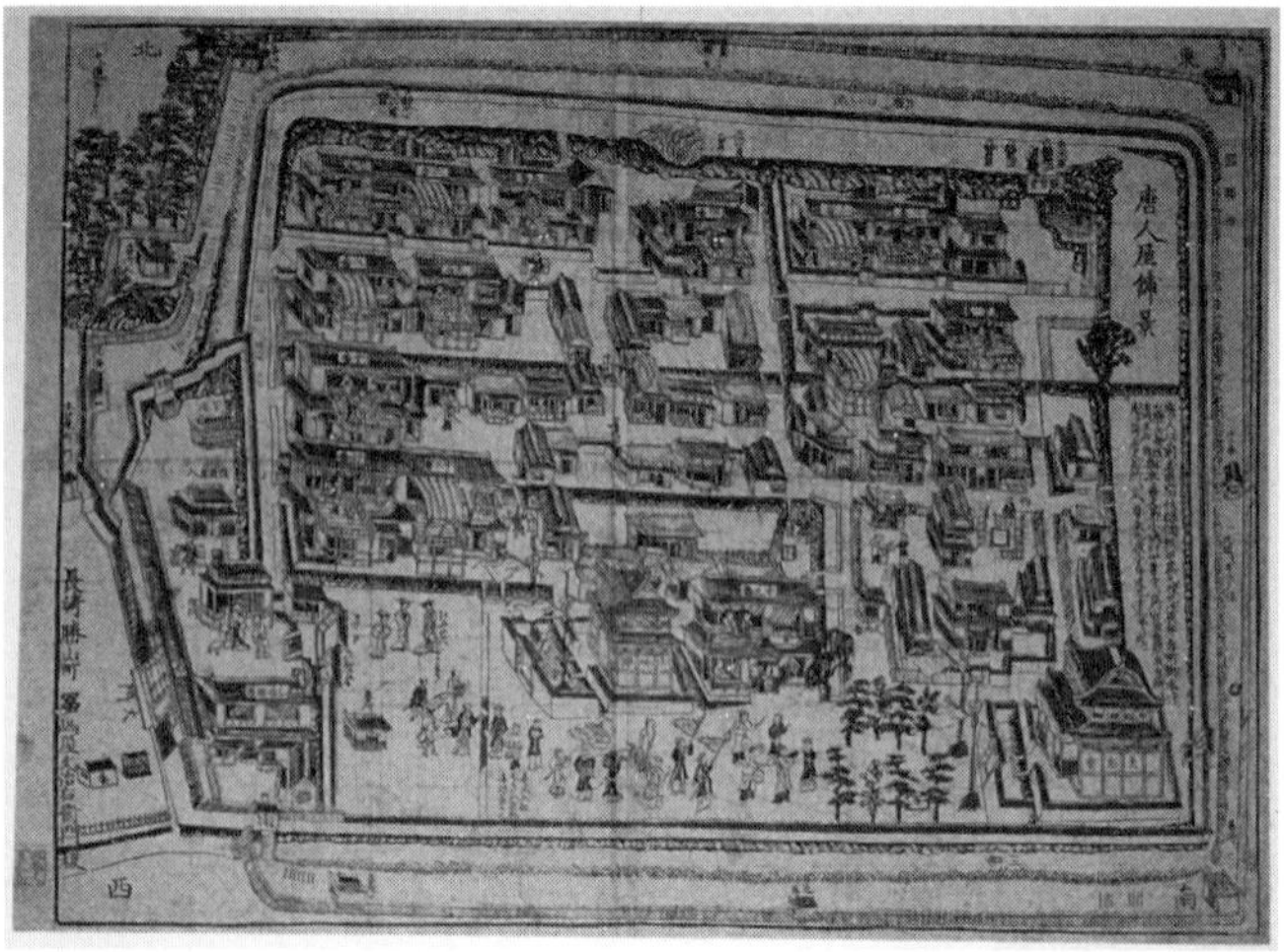

図５　富嶋屋版　唐人屋舗景

（神戸市立博物館蔵）

たくさん来ていて、唐人の世話をしていました。唐人にせよ、オランダ人にせよ、日本に来ることを許されているのは男だけですから、無聊を慰めるために、彼女たちの出入りが特別に許されていました。

帰り際、また門のところまで来ると、書を揮毫している唐人がいました。横にいた地役人は、おそらく唐通事《とうつうじ》（中国語の通訳）でしょう。竹逸はねだって唐人の書を手に入れました。おみやげまでついて、システム化された対応であったことがわかります。

　朝より御巡見にて（中略）見終りて唐人《とうじん》屋敷《やしき》へ行給《いきたま》ふ、表の門は長屋門にて、其内外に多く番所あり、右の方の役所へ君（田口加賀守）息《いこ》ふて、此より惣《そう》がまへの矢来《やらい》の内を見廻《みまわ》り給ふ、右の方は矢来にて左の方は塹《ざん》（堀）ありて、高く石段ありて土塀ありぬ、いと堅固《けんご》なる事共《ことども》なり、其間《そのあいだ》に折々番人共居る所あり、後《うしろ》の方は山にてありぬ、凡《およそ》其まはり四・五町も有と覚へぬ、是より惣門の左の方へ降りぬ、ここに一つの牢ありぬ、こは何の為なるやしらず、是より中の門内に入けれる時は唐人共ドラ（銅鑼）を鳴らして居ぬ、

門を入《はいる》と向ふに社あり、是は観音堂と見ゆ（実は土神堂《どしんどう》）、入口に門あり、その内に石橋あり、而《しかし》て社《やしろ》あり、多く額《がく》なぞありぬ、是より右方へ行て坂あり、左右皆長屋にて色々文字を書《かき》てありぬ、物置様《のよう》の所に「蔵吾生財」と字なぞ書てあり、又行《いき》て、左の方に売家（売店）の如きあり、ここに唐人共居て色々の唐物をうりぬ、其様子、実に唐土売家もかくやと覚えぬ、籠のふちや口なぞには必す漢字にて書《かき》て有り、器物・道具・菓子類共、皆売りて、人々も買ふ人有りぬ、又唐人も和言を□折ゝは言ぬ、されど片言のよふに見ゆ、又行て社あり（天后堂《てんこうどう》）、此も前の様なり□□左に折して又長屋あり、向ひ又社あり（観音堂）、此社前にはかのミクジ（神籤）とも言べき物ありぬ、其ミクジの札と見へて左の方に真字（漢字）にて書しぬ、又ミクジを入し物ありて、其中に竹にて作候棒凡《およそ》百本程ありぬ、

ここを出て左へ行ぬ、又長屋にて、其右長屋のはづれにて其楼上に登りぬ、ここは君も来《きた》り給ふ所にて、屋の二階には皆毛氈《もうせん》を敷きて、外廻りにはビイドロのとふ籠《ろう》（燈籠）をかけ、座中には色々の物をかざりぬ、其外、掛物（掛け軸）を掛《かけ》し所なぞもいと面白き所なり、ここにて予が

如きにも菓子を馳走しぬ、菓子の名は聞《きき》たく思へども、多き人数にて問ふ事も能《あた》はず、又二階内の台所とも言べき所へ行て見れば、牛肉豚肉なぞ皆屋の端に掛《かけ》て有りぬ、夫《そ》のシッポコ台（しっぽく料理用の食卓）の如き物に種々の奇品を器物に盛置《もりおき》ぬ、其外、此辺には多く奇品異物共ありて、心も空《くう》に覚《おぼ》へけり、又丸山町・寄合町（より）此《ここ》に来《きた》り居《いる》妓女も出て居りぬ、すべて是爰《これここ》のみにかぎらず、長屋中には多く居る様子なり、人々に聞《きけ》ば皆公役《こうえき》の様にて日々二百文づつにて来るよし、来れば皆、夫婦同道にて飯食の事共をなして日々役に成たれば、妓女も来る事をいやに言ふと聞ぬ、されど又もらう物多ければ、それに引《ひか》されて来るよし、

すべて福と云事を好《このむ》と見へて、何にても多く福と云字を書てありぬ、「何福」「福何」といふ様にあり、家の入口にも福といふ字を多く付《つけ》ぬ、又赤き物を好むと見へて、皆赤き唐紙字を書《かき》て柱や又は額の様になしてあり、是は戸ごとにあり、多くは詩文の字をきりぬきてあり、または吉祥なる字共多くあり、夫《そ》の社堂なぞには多く額ありて種々見物ありぬ、すべて此館内の事写しぬべけれども、あらましにも一覧す（せ）《(ママ)》んと思ふ故に、少しも写事能《うつすことあた》はずして止《や》みぬ、実に惜《おし》きといふもおろかなり、すべて屋作の大概は日本なれども夫々《それぞれ》の作り方は我国の様には見へず、ただ彼国《かのくに》に入しよふにぞ覚へぬ、

大方見終りて夫《そ》の中門の所に来りて見れば、裏の方に何か書者《かくもの》あれば立寄て見しに、其脇に地《ち》役人《やくにん》と見へし者居ければ、此物をくれよと寄ければ、取りぬべしといふと取りてくれぬ、又、其

脇に一人来りて予の如此《かくのごとく》を好む様子を見て、其紙中に書《かき》し故を解《とき》て教へぬ、ここに君も来り給へば止《や》みて出ぬ、是より新地の唐人《とうじん》荷物蔵《にもつぐら》を見物し給《たまう》、

五　竹逸、西洋式砲術を習う

この長崎滞在において、のちの竹逸の運命（それと田口加賀守のも）を大きく転回させたのは、高島秋帆（四郎太夫、一七九八～一八六六）との出会いでした。高島家は代々、長崎の町年寄（市長）を勤めてきた名家ですが、秋帆はオランダ人から西洋砲術を学んだ兵学者で、日本もはやく近代的な国防体制を整えなければならない、と考えていました。長崎奉行の田口加賀守も同じ意見をもち、家臣を秋帆に入門させて西洋砲術を学ばせます。竹逸も、自分から望んでのことかどうかわかりませんが、先に秋帆に入門していた同僚の市川熊男を通じて、鉄砲稽古を願い出ることになりました。

【天保十年十一月十六日】　長崎

この日、奉行所の馬場で高島流の砲術を初めて見ました。衣服や馬具まで西洋風に整えられていたといいます。秋帆は実演には参加せず、弟子にやらせています。このとき秋帆は四十一歳。監督役なのでしょう。

朝は君の写し物をせし、前之《の》と同じ物なり、昼よりは御広間へ出ぬ、今日高嶋氏（秋帆）、陀蘭（オランダ）製の鉄砲を馬上にて打《うつ》といふ故、行《いき》て見るに、御役所の馬場にて、君（田口加賀守）にも覧給ふ、すべて馬具人物の衣服等は皆陀蘭にて、手綱なぞも二本付て、鞍は革製にてことなり、皆あわせのふろ敷の様の物をしきぬ、鞍の後の方に大きくくり枕の程なる物を付ぬ、こは此内に着座の衣服を入るとなり、■■手綱よりむながへ（鞅）しりがへ（鞦）等ばかりなり、くつは（轡）も甚奇なり、鐙《あぶみ》は唐の輪なり、人も蘭衣を着し、鉄砲も短筒と長筒とを一かけに二挺《ちよう》打《うち》ぬ、長き方は肩より革にて作りし物にかけ、短き方は鞍のわきに入る物ありて、それに入るなり、合薬入は肩より同じく革にて製し物に、付合薬は紙のほそき袋に入置て、それを一度一度に喰ひ破りて、口薬の所と筒に入《いれ》て打ぬ、其様子、馬にかけをわせて三十間程の所にて二度打ぬ、其《その》手なれし事、阿蘭人もかくやと思ふなり、砲を打事、前後左右に打て自若《じじやく》たり、凡《およそ》五、六篇程ありて、後は川上氏、市川熊男なぞも其馬に乗りぬ、されど高嶋氏乗らず、ただ其《その》弟《で》子《し》様《よう》の者のみ其芸をしぬ、実に奇異なる事どもなり、

【天保十一年四月八日】　長崎

奉行所で、高島秋帆の門人である荒木千洲（一八〇七～一八七六）が、オランダ製鉄砲を撃って見せました。竹逸も初めて撃たせてもらいましたが、思ったほどでもなかったといいます。

昼より御広間へ出る、又荒木千洲、阿蘭陀火打鉄砲を打《うち》ぬ、皆阿蘭陀風の手綱にてなしぬ、いと見物なり、外《ほか》に十匁《もんめ》の筒を持来ける故に、予も始《はじめ》てなるなれど打て見る所、あへてさ程とも思はず、阿蘭陀の手綱は、ここに記すべきなれど、後は稽古をなすを以て記せず、

【天保十一年四月十一日】長崎

朝は御広間へ出る、昼より雑事、夕方、市川熊男迄内々願書差出す、こは鉄砲稽古致し度旨《たきむね》頼《たのみ》しなり、草稿別にあり、

【天保十一年五月十一日】長崎

この日からいよいよ、竹逸の砲術訓練が始まりました。これ以後、ほとんど毎日欠かさなかったようです。本当は秋帆から直接習うはずだったのですが、秋帆多忙という理由から、先ほど登場した秋帆門人の荒木千洲に手ほどきを受けることになります。

この千洲は、実は竹逸と同じように画家でした。絵をもって奉行所に仕える、唐絵目利《からえめきき》という職にあった人です。当時三十四歳。長崎の唐絵目利は、竹逸の傾向である南宗画とは異なり、どちらかといえば北宗画様式の強い作風を持っていました。しかし、絵画から遠ざかろうとしていたせいでしょうか、竹逸の日記には、千洲の絵のことは何も記されていません。

なお、高島秋帆も書画にすぐれた文人肌の人でしたが、絵の上で千洲と秋帆は、渡辺鶴洲（やはり唐絵目利）門下の兄弟弟子でした。

　牢内の者出入監使《かんし》、又君の写し物せり、手習《てならい》もせり、今日より『茶疏』写し始《はじめ》る、又、兼《かね》て熊男子迄願置候《ねがいおきそうろう》蘭陀鉄砲之事、今日より稽古始る、但《ただし》、高嶋四郎大夫へ御沙汰《おさた》に相成《あいなり》御座候へども、同人繁用故《ゆえ》、当時荒木千洲御役所へ画認《したため》に出罷居候処《いでまかりおりそうろうところ》、同人は高嶋門人之者故、先々《まずまず》此人より打方の手続を伝授有之、但、稽古いたすものは御中小性の喜多川庫輔と予とのみなり、

【天保十一年六月十四日】長崎

高島秋帆は、来る六月十八日に、集団行動による軍事演習を長崎奉行に披露することになりました。今日はその予行演習です。場所は、長崎市街から茂木《もぎ》港へ抜ける途中、田上《たがみ》という峠のあたりでした。竹逸も高島流を訓練しているので、奉行にいわれて見学に行きます。はじめは見ているだけでしたが、午後からは竹逸も着替えて参加しました。恐ろしいほどの音響だったといっています。

終了後、一行は帰り道にある秋帆の屋敷（長崎市東小島町）へ立ち寄りました。竹逸らが通されたという風流な居間は、おそらく「雨声楼」と呼ばれた二階建の座敷だったのでしょう。竹逸は、その好事家ぶりにまた目を見張ります。

今日は高嶋四郎大夫砲術ならし、田上《たがみ》にて有之に付、予が曹《ともがら》も彼の風《ふう》を稽古せし故に、君より命にて見物に参る、但、其人々は市川昇、市川熊男、斎藤助之進、小林文蔵、喜多川庫介と予と也、

朝正五ツ過より出《いで》ぬ、夫《それ》より高嶋宅へ寄、主人同道にて田上に至りぬ、道々皆其門人共は皆打方の装にて出るに、其形は道服如き物にて、襟《えり》には合羽《かっぱ》の如く高くなしぬ、こは火をふせぐ為のよし、下にはタツツケ（立付《たつつけ》＝野袴）を着、両刀を佩《お》び、火薬籠と剱袋を左右の肩より背に荷《にな》ひ、連れ立行《いき》ぬるは殊《こと》に見物なり、頭には桃形の長き笠に色々思々《おもいおもい》の印を付ぬ、

是より田上の打方《うちかた》場所至《いたり》ぬれば、皆数十百人来ける、ややして打方を始《はじめ》ぬ、予が曹は先づ見物せり、其様子は初《はじめ》には三人組に居所《いるところ》に鉄炮の改《あらたむ》る事をなし、是よりして操《あやつり》して打方にかかりぬ、初には三人組にて一度に打《うた》せ、又は二度になし、或は迸《すす》みて打、或は退《しりぞき》て打、或は団々成《なり》に打、一行《いちぎょう》に成て打、種々様々なしぬ、凡《およそ》人数は六十人程にて、一組三十人程にて、一組は四郎大夫差図《さしず》（指図）をなし、一つは浅五郎、四郎大夫の子差図をなしぬ、又、脇に石火矢《いしびや》を打人数も三人程にて居るなり、是は仕方斗《ばかり》には石火矢もなし、

此段終りて昼飯を食し、是より我等も皆道服にタツツケを着して、其打方をせり、又前文の（如）くなしぬ、是も終りて、続て此度は火薬を入て打ぬ、是等も打方は同じなれども、音響も恐しさは尤《もっと》も甚し、おふ方（大方）打事《うつこと》は十四、五程にてありぬ、是も終りける時は、やや七ツころに

相成様《あいなるよう》に、今日それに終りぬ、

是又《これまた》四郎大夫宅へ寄《より》ける所、主人、先々茶斗《まずまずちゃばかり》も差上《さしあぐる》べしとて楼上へ誘《さそい》入れぬ、ここは主人の居間（と）見へたり、好事《こうず》程にて見《みる》に、其内物皆奇□珎物ありぬ、馳走もおふ方ならず、或は我等が髪の乱《みだれ》しをなで付《つけ》んと云て出《いで》し者もあるなれば、是にても其《その》たいそふ（大層）なるをしるべし、唐物、和蘭の品は言《いう》もさらなり、和物も皆花《はな》やかなる事共《ことども》なり、帰りは夜初更《しょこう》なり、

【天保十一年六月十八日】長崎

今日が高島流砲術による軍事演習の本番です。ボンベンは爆弾のこと。高島流が、ただ鉄砲の撃ち方というばかりでなく、大砲をまじえたチームを構成しており、実戦的な軍隊行動を研究していたことがわかります。

今日は於田上《たがみにおいて》、高嶋流の蘭法砲術御覧有之《ごらんこれあり》ぬ、朝六ツ半より出立《いでたち》ぬ、但、野服にて、君（田口加賀守）には徠帰（来帰）共に馬上なれば、御代官にも馬上にて出給ふなり、彼地へ至り御渡《みわたす》（見渡す）所、おふ方は先頃薬師寺の時と同様にて、見物の者共も多く出ぬ、されど狼煙《のろし》のなければ、婦人なぞは其時よりは少しと見ゆ、

扨《さて》、其打方は、始にポンベンを打《うち》ぬ、こは予のふと得し砲術の書に有之《これあら》ばここには略、これを

四つ打て、又、焼打玉といふを同じ筒に打ぬ、こは如何なる製法なるやしらず、是又三つ打ぬ、ポンベンは十町目印《めじるし》、焼打玉は八町目印、いづれも□けれども、ポンベンは一つ火うつらず、焼打玉は先へ行て予もせず、ただ火のもへ出るなり、是終りて、先頃予なぞもせし小筒の備打ありぬ、

いづれも先頃と同じ様なれども、其内に野戦筒を二挺《ちょう》持出しぬ、それは備立《そなえだて》の内に引歩ぬ、但、凡《およそ》七、八百目の程の筒にて、一挺は□に、一挺は唐銅様《からどうよう》にて小なり、いづれも平台にて打方かわりたる事はな（け）れども、筒をさらう者右に居《おり》、玉薬を持者、彼の袋を頭にかけ左に居、口薬をさす者、右に火箸《ひばし》の如き鉄釘を持《もち》、火を付《つく》る者、左に火縄をはさみし物を持て居る、

先初《まずはじめ》に筒をさらひ、次に薬をこめ、次に口薬をさす、口薬は何か紙に製せし物か、又は□の如き物に製せし物か、クダの様にせし物を口にさしこみぬ、夫《それ》より火をと（り？）ぬ、此筒は始終備立の前後にありて、絶間《たえま》なく其備《そのそなえ》にしたがひて打ぬ、備立は先頃せしと変りたる事もなし、凡二度ありぬ、車台の作り方は見しも、甚だ事多くてしるしがたし、其の物はおふ方左に見はす、（図あり）上の方は麻苧《まちょ》の如き物にて製せり、それにて筒をさらひ、下の方にて玉薬を突《つき》こみぬ、玉薬を入る物の製しれず、（図あり）是は玉薬の袋を突やぶる釘なり、（図あり）此は火縄を付置《つけおき》ぬる物なり、鉄之製せし（図あり）如此《かくのごとく》なし、其間に鉄の輪ありぬ、こは火縄をはさみてしめる為なるべし、下の方は鉄にて尖を付置ぬ、こは土上にさし置の為なるべし、

筒は皆、車台共に和蘭より取《とり》よせにせし品のよし聞《きき》ぬ、すべて輪なぞも鉄にてつつみし者の見ゆ、此外《このほか》はすべ（て）は先頃とかわりし事もなけれども、ただやや熟せしよふに覚ゆるのみなり、御帰《おかえり》は正八つ半時前なり、

六　竹逸、徳丸原の西洋式砲術演習に参加する

長崎での勤務を終えた田口加賀守の一行は、天保十一年十一月五日に江戸へ帰着しました。翌年四月十五日、田口加賀守に、長崎奉行から勘定奉行勝手方への役目換えが言い渡されます。今でいえば大蔵大臣クラスですから、まず栄転といってよいでしょう。

天保十二年（一八四二）五月九日、江戸幕府の重鎮たちを前にして、高島秋帆は西洋流の砲術演習を見せることになりました。場所は江戸郊外の徳丸原《とくまるがはら》（今の板橋区高島平）。竹逸も田口加賀守家来として、この演習に参加することになりました。「阿蘭陀直伝高島流砲術巻」という、この日の訓練を記録した巻物の中に「小筒方《こづつかた》　田口加賀守家来　井上孝蔵」の名が記録されています。竹逸二十八歳。長崎奉行のお供をしたことから、この若者は、思いもかけず日本史上有名な晴れ舞台に、名前をとどめることになったわけです。なお、今の高島平は、秋帆の砲術演習がおこなわれたことから付けられた地名だそうです。

【天保十二年五月二日】　江戸

江戸へやって来た高島秋帆は、本所二ツ目にある宗《そう》対馬守の下屋敷に泊まっていました。竹逸はそこへ、七日後に迫った砲術演習のための練習に出かけます。雨だったので、少しだけでやめました。スコードルとはオランダ語で「肩」という意味です。「オプ・スコードル・ヘッゲウェール」といえば「銃を肩へ！」という号令でした。竹逸が所属した小筒方の愛称でもあったのでしょうか。

雨、此節甚《はなはだ》冷気、朝、田口公より帰る、夫《それ》より野蓑《みの》に而《て》市川熊男方へ寄、スコードル連中一同、二ツ目対州侯下屋敷方、高嶋四郎大夫旅宿へ蘭砲之ならしに参る、ふる故《ゆえ》少しせしのみ、

【天保十二年五月七日】　江戸

演習二日前、徳丸原へ移動します。一行の宿所は松月院という曹洞宗のお寺でした。現在この境内には、秋帆の顕彰碑が建てられています。

今朝四ツ過より田口へ参る、家中之者共、幷《ならび》に市川熊男始め門人共同道に而《て》、下赤塚松月院へ参《まいる》、夕八ツ過に着《ちゃく》せり、

【天保十二年五月八日】　江戸

演習前日、秋帆も合流してリハーサルです。本番ではないのに見物人が多かったといいます。

　朝五ツ過より徳丸原《とくまるがはら》へ参り、下ならしをせり、尤《もっとも》高嶋参る、其外《そのほか》弟子、同じく備打《そなえうち》、其外ホンベン、焼打球《やきうちだま》数玉等打ぬ、此日も見物之人多し、夕方松月院へ引取る、

【天保十二年五月九日】　江戸

いよいよ本番当日です。竹逸は日記に「薄曇、夫《それ》より晴る」と記しています。幕府の要人である目付、鉄砲目付たちをはじめ、武家層の人々が多くつめかけていました。しかし、彼らがそろって西洋式の新しい兵制に理解を示したわけではありません。そのことは、このすぐ後にわかります。日記には出てきませんが、竹逸に鉄砲の手ほどきをした唐絵目利の荒木千洲も、秋帆に従ってこの徳丸原演習に参加していました。千洲はのちに、そのときの様子を描いた作品を残しています。

　早朝より徳丸原参る、大筒を打後《うちてのち》、備打ありぬ、昼九ツ過に始る、此日や当日なれば、御目《おめ》付《つけ》水野舎人《とねり》殿、御鉄方《てつぽう》（鉄砲）目付井上等見分に参る、其外《そのほか》、諸大名、諸旗本、御家人、諸家中等、見物に参《まいる》、外《ほか》にも諸々見物に参る者甚し、此日の事はおろか、是迄の事、言語につくしがたし、

追《おつ》ては別に其事を認《したた》め置《おか》ん事を思ふなり、打方《うちかた》終りて、夕八ツ半過より松月院を出立、夜六ツ前に帰宅、

【天保十二年五月十五日】　江戸

ところが、砲術演習のわずか数日後、何としたことか、田口加賀守は役職を罷免されて蟄居《ちっきょ》閉門となり、失脚しました。次いで翌年には、長崎へ戻っていた高島秋帆と息子の浅五郎も罪に問われ、江戸へ送られて牢屋に入れられることになります。

朝、田口公参る所、昨夜御役御免《おやくごめん》、御普請入りに被仰《おおせられ》、宿扣《ひかえ》（控）被仰付《おおせつけられ》候に付、閉門、甚膽《きも》もつぶしぬ、されば屋敷内の騒動、大方ならず、終日かたづけ物せり、宿《やど》る、

西洋の学問に反対し、新式の軍事改革に危機感をもった人々は、あの砲術演習をいまいましいものとして排斥したのです。その中心となったのは、幕閣の鳥居耀蔵《とりいようぞう》という蘭学嫌いの男でした。かつて、蛮社の獄で渡辺崋山を逮捕したのも同じ人物でした。竹逸は、絵を教えてもらった崋山に続いて、また身近な親しい人々が弾圧されるのを目の当たりに見せつけられることになってしまいました。竹逸は人間の無力を想い、風流の道に心惹かれるようになったといいます。

七　竹逸、大坂でおおいに遊ぶ

田口加賀守の失脚事件もつかのま、天保十三年（一八四二）、二十九歳になった竹逸は、新任の堺奉行・伊奈遠江守斯綏に随従して、また江戸から上方へ向かうことになります。この堺出張においては、上方文人画の大家・岡田半江（一七八二～一八四六）と交遊をもち、あちこちの名所見物にも出かけたりしており、長崎旅行のときのように「もう絵は描くまいと思う」というような屈託は、一向に感じられません。何かをふっ切ってしまったかのように、文雅にふけっています。先にもいいましたが、往路のみのレンタル奉公だという気安さがあったのでしょうか。

【天保十三年十二月二十日】　大坂

この日、奉行のお許しをもらって、まずは大坂見物に参ります。高麗橋の寅屋《とらや》で饅頭を食べ、グルメを満喫しました。店内を見渡して、熱気のこもった大坂の商売ぶりに圧倒されています。ついで、平野町の鯛味噌を名物とする料理屋へ。この店は二重八百源《ふたえやおげん》という名前で、近年まで続いていたけれども、ついに廃業したそうです。このことは、懐徳堂秋季講座に参加して下さった方から、講座終了後に教えていただきました。

君に乞《こ》ふて大坂表《おもて》へ市川氏と同道に而《て》行《いき》ぬ、先《まず》は住吉の社《やしろ》を拝し、是より大坂表、生玉の社、北向の八幡、高津の社、此辺《このへん》より西之方を見れば、市中見晴して、向ひの方には海上を見□又帆の影の多く見へて、誠に旅の思ひをなぐさ（み）ぬ、ここよりしては市中をいろいろと見物して、高麗橋通りを行て寅屋へ寄り、かの饅頭《まんじゅう》を食して、又、其家《そのいえ》之様子を見るに、実に大分の買《かい》ても来り共、又男は凡《およそ》百人程も居るといふ、見せ（店）は小なれども凡十間余りなるに、かひては十四・五人、二十八□もたへ（絶え）のなくぞ覚ゆ、未だ江都《えど》（江戸）には如此《かくのごとき》は見ず、是より平野町一丁目、かの料理屋へ参る、こはここにて鯛味噌といふを売《あきな》ふ、余程《よほど》高価の物のよし、是より又、伏見町通りに而《て》唐物《からもの》を見物せり、いと広大にあり、江戸より□是又《これまた》多分《たぶん》に有之様《これあるよう》にも覚ゆ、又、本願寺前を通りて、其より心斎橋通り出て今宮に出る、

【天保十四年一月二日】　大坂

奉行のお供で、大坂のお正月を見に出かけました。老人が、はでな赤い股引きを着ているのを見て、竹逸は、江戸と大坂のファッション感覚の違いを実感させられました。あと、大坂の女性は化粧が濃くて、すれ違うと白粉《おしろい》の匂いがするといっています。今も似たような傾向でしょうか。

朝未明より御出坂有之、（中略）扨《さて》も今日は大坂之風儀も見へたり、多くは小供なぞは皆木綿《もめん》

之服なれども、かの紅くそめけるを用《もちい》る故にいとはでやかなり、又老人などが紅のしぼり木綿に而《て》股引を作り用《もち》ゆ、いと笑止之事なり、市中も問屋向なぞともいふべきは多くは休みいぬ、又、住吉之方へ来るころは多く遊人共来る、こは皆住吉へ参詣といふ、こは大坂より住吉当年恵方《えほう》に当る故といふ、実に堺筋は人も多く、且《かつ》、酒酔人も折々はありぬ、土風とはいひながら白粉《おしろい》をば婦人ども多く用ひぬ、行違節《いきちがうせつ》は白粉のにほひせり、

【天保十四年一月十七日】　大坂

竹逸は、江戸を出発する前に、高久靄厓《たかくあいがい》という画家（一七九六～一八四三）から紹介状を書いてもらっていました。大坂画壇の大家、岡田半江に面会するためです。天保十四年（一八四三）一月十四日、それを持ってまず山の江町（堺市大町東）の原文暉という画家の宅をたずね、仲介役を頼みます。原文暉（一八〇三～一八六三）は江戸で谷文晁から学んだことがあり、当時堺にいました。越後国西蒲原郡生まれ。師文晁の推薦で防州徳山藩大坂蔵屋敷在勤の原家へ入婿した人です。彼に同行してもらって、半江に刺を通じることになりました。

一月十七日、竹逸は半江を住吉の居宅にたずね、面会を果たすとともに、そこで息子の岡田九茄とも親交を結びました。このとき半江は六十二歳。日記を読み進んでいくと、古物趣味のあった竹逸の目的は、半江が愛蔵する中国書画の名品を見せてもらうことにあったようです。この日、見せてもら

ったのは十幅ほどでしたが、みなすばらしいものばかりだったと感激しています。このうち李用雲の芦雁図帖は、どうやら木村蒹葭堂の旧蔵品であったようです。

また、半江が大坂市中を離れて住吉へ移転したのは、大塩平八郎の乱の影響による隠遁といわれていますが、竹逸の日記では、どこまで本当かはわかりませんが、やや異なる事情が述べられています。

ここで「惣領もなかなか学あり、画をもよくす」と記録されているのが岡田九茄です。当時二十三歳で、竹逸よりは七歳年少でした。この人も今では、米山人と半江の盛名に隠れ、埋没してしまった画人です。明治五年までの生存をようやく確認できましたが、いつ亡くなったか、まだわかりません。九茄はこののち、竹逸のお供となって、大坂をあちこち案内してくれます。

朝五ツ時ころより、原文暉と同道に而《て》岡田半江子へ参《まいる》、此人蔵福家（蔵幅家）故に家蔵を見に参る、今日見しは凡《およそ》十福斗《ばかり》、其福（幅）は皆縮図せり、外《ほか》に清人《しんじん》画帖一、李用雲之蘆雁《ろがん》之帖を見る、此鳥之帖は往昔揖斐公《いびこう》之摸写に而《て》見る、聞《きく》に元は奈邨（木村か）蒹葭堂蔵之由、扨又《さてまた》、右十福程は皆明《みん》以上之物に而《て》、気韻静動《きいんせいどう》（生動）、実に神品能品之鑑定を名家之付《つけ》し品之由なるも尤《もっとも》也、其外にも数十幅有之由、

扨又、此人は、父を米山人とて南宗風之山水を好《よく》し、其後、此人其業を続、中ごろ津藩の洛陽の蔵屋敷留守居に成《なり》、黄金を得、終に浪人して住吉に而田地を求《もとめ》し処、不案内故に利を失ひ、其

後次男へ住吉社家の家来之株を求て今は其処《そこ》に住居せり、其ひとと成り、実に高人物に而、学才詩才に秀で、殊《こと》に南家之山水を能《よく》すといふ、惣領（岡田九茄）も可々《なかなか》学あり、画をも能《よく》すといふ、扨も今日の楽は、堺表来たりては勿論、未だ一日に如此《かくのごとく》珍画を見し事は是迄覚へず、今日は庚申故に天王寺の庚申社は人多く出るといふ、見るに行人共甚多し、夕方帰る、

【天保十四年二月二十七日】　大坂

この日、竹逸は岡田九茄といっしょに大坂へ出て、谷町筋の禅寺・大仙寺を訪ねました。この寺は、明末《みんまつ》の文人・張瑞図《ちょうずいと》（一五七〇〜一六四一?）の墨竹図三幅対を所蔵しており、これは大坂第一の墨竹図の名画として、文人たちの間で有名なものでした。これを見せてもらおうと考えたのです。ところが、約束も無しで突然押しかけていったようです。住職不在で見せてもらえません。しかたないので九之助町（東横堀川九之助橋の西側）に煎茶の田中花月庵を訪問し、そこで古物を拝見して煎茶を喫しました。この日の日記に竹逸が田中屋安右衛門と記すのは、実際には新右衛門の誤りでしょう。翌二十八日の日記には新右衛門と記しています。この人は花月庵鶴翁（一七八二〜一八四八）と称し、煎茶の祖といわれる売茶翁《ばいさおう》の遺風を慕って花月庵流を興した名高い宗匠です。九茄や半江とは煎茶を通じてすでに親交があったものと思われます。そののち大仙寺に戻って、ようやく張瑞図を拝見。実に絶品であったとまた感激しています。

朝より出る、半江先生へ寄《よる》、息九茄子同道に而安部道より大坂至て《て》、先《まず》谷町筋之大仙寺へ寄、和尚に逢《あい》て蔵幅の瑞図《ずいと》の竹を見んとせし処、留守故《ゆえ》、夫《それ》より九之助町田中屋安右《(ママ)》衛門宅へ寄、此人酒造に而黄金家に而、殊に煎茶を好む、且、古銅器 幷《ならびに》 掛幅もあれば、ここにて其器々を写し、又は主人の茶を馳走に相成《あいなる》、いと煎茶には心を用ひ、余程右之器も多く蔵するといふ、こ（こ）にてしばらくして、又此者共同道に而大仙寺へ参り、瑞図の竹を一覧せり、実に絶品と覚ゆ、其外、観音に鷲の左右の幅見する、悪し、又瑞図の書帖あり、如何か鑑定ならず、ここを出て、九茄同道にて西役所前にて別れ有、

【天保十四年二月二十八日】　大坂

心斎橋の妙観寺で岡田九茄と落ち合い、前日に引き続き、煎茶の花月庵鶴翁を訪問します。そこで桜花の画家として名高い名和花隠（広瀬花隠）と出会いました。花隠（生没年不明）は京都聖護院村桜塚の生まれ。博物図譜のような桜花図を数多く残した「桜狂の画家」として知られています。斎藤月岑の『武江年表』文政七年条を見ますと「今年夏、京より花隠といふ画工下る、桜花を画くに妙を得たりと云ふ、数種の形状を心にこめて画く、桜の外はかく事なし」とありますから、竹逸十一歳のとき、花隠は江戸に来ていたのです。竹逸が、すでに江戸で彼の高名を聞き及んでいた、というのは、このことをさすのでしょう。皆で煎茶を喫し、また売茶翁伝来の茶壺の名品を拝見しました。花月庵

は竹逸の江戸帰還をひどく残念がり、再会を誓い合ったのでした。

朝五ツ過に亀屋方を出て、西御役所の平山名輔子を訪ふて四つ過迄雑談、且、予の鉄砲を頼置ぬ、夫より南久太郎町心斎橋西に入、妙観寺参る、ここにて九茄子に逢、此家の蔵物、日本古画クン照女の画（霊照女図か）、又能因作人丸之像、奇なる、外に禅家に用ゆほう（棒か）、つへ（杖か）、又如意なぞ見たり、

夫より此内を去、九茄子同道、又々田中屋新右衛門方へ寄、こ（こ）に江戸にて聞及ぶ桜花癖の名和花隠といふ者、其外両三人に逢ひ、又々主人煎茶の馳走、其外南変絶すだれの茶壺を見たり、此茶ハ売茶翁より伝来之品にて、昔時、此中に十四年之間茶を入置しを取出して用ひけるに、香気少しも変せずといふ、如此名品故、甚珍重之由、此主人、予の帰府甚《はなはだ》惜《お》しみて、再会をかたく約す、

【天保十四年二月二十九日】　大坂

昼から亀林寺という寺を訪ねます。安立町（住吉のすぐ南方）にあった曹洞宗寺院です。『摂津名所図会』には「関帝堂」として紹介されています。明末、日本では江戸前期の来朝僧である東皐心越《とうこうしんえつ》（一六三九〜一六九五）が開基です。心越が描いた仏画や黄檗《おうばく》僧たちの書を拝見した後、住職がなんと心

越の持ち渡りという払子《ほっす》（仏具）をくれました。のち竹逸は中国式の七弦琴をたしなみ、琴士として名を馳せますが、心越はその七弦琴を日本に伝えた人物なのです。日記に何もふれられていないところを見ると、まだこの時期は七弦琴に興味をもっていなかったのかもしれません。とすれば、ここを訪れたことは、なかなか運命的なものであったということになるでしょう。

それから住吉の半江宅へ行きました。いつものように書画を見たと記していますが、実は、最後の暇乞《いとまご》いをするための訪問だったようです。すでに二月二十三日、堺奉行は竹逸に対して永の暇を与える旨の許可を出していました。

この日は半江と九茄から餞別の画をもらい、ほかに江戸で頼まれていた注文画も受け取っています。さらにねだって、頼山陽の書状一通も譲ってもらいました。また、半江の先妻が描き、頼山陽が賛を加えた掛幅を見ました。すなわち九茄の亡母である絲桐の描いた絵です。竹逸の書きぶりからは、どうもこちらも欲しかったような感じがします。

朝雑事、昼より出て亀林寺《きりんじ》へ参る、心越之幅（掛け軸）数々、中に魚籃《ぎょらん》観音、達摩なぞは絶品あり、其外に黄蘗の諸僧の書共、都而《すべて》数十幅あり、住持の僧、予に、かの心越持渡《もちわたり》之ホッス（払子）四本ある内を一本、予に恵まる、嬉雀《きじゃく》にたへず、ここを出て住吉浜辺高籠筋に登りて見れば、四方も見渡し、殊に海上には摂州の山々、淡路などと目下に見ゆ、住吉の社は松に堆《うず》もれて少し

も見へず、

これより住吉へ参詣して半江先生へ参る、ここにて、いつもの如く幅なぞも見て、且、予に先生より絹の画状始め、九茄子より掛幅一つ、外に頼み置《おき》し画なぞを恵まる、其外、鶴屋なぞへ頼まれ之品もあり、是又山陽の尺牘《せきとく》を一通ねだりもらう、又、中井履軒《なかいりけん》より米山人へ贈る詩、半江先生先室（先妻）之画に山陽詩を題せし幅なそは、殊に好事《こうず》之品と覚《おぼ》ゆ、夜に入《いり》帰る、

さて、いよいよ翌二月三十日は奉行所の荷物を片付け、家中に暇乞いをしました。そして翌三月一日の未明に堺を出立。ただし大坂へ出るのではなく、南下して和歌山をめざします。途中、上石津まで原文暉が同道して見送りました。それからあとは、江戸まで一人旅です。若さにまかせて高野山、奈良、京都の名所旧跡をまわり、持ち前の古物趣味を十分満足させたようです。江戸へ帰着したのは三月二十七日のことでした。

岡田半江はこの三年後に世を去りました。のち九茄と竹逸は、それぞれの明治維新を体験して、ともにひっそりと時代の波の中へ消えていきます。はたして二人に、再びめぐりあう機会はあったのでしょうか。旅は出会いであると同時に、その終りは、すべて別れに満ちています。

竹逸の明治維新 ――むすびにかえて――

明治維新は、竹逸の暮らしをすっかり変えました。彼は谷中《やなか》の陋屋に引越し、猿を飼って七弦琴を弾いて暮らしました。魚の干物を売りながら、市中を歩いたともいいます。のち、古物趣味を商売にしようと思ったのでしょうか、上野で骨董屋を始めましたが、武士の商法の喩《たと》えどおり、利益はありませんでした。琵琶法師を雇って琴を合奏し、客に聞かせて生活費を得ていたといいます。

竹逸は中国式の七弦琴にすぐれていました。これは文人の四芸とされる琴碁書画のひとつであり、前節でふれた明僧・東皐心越が日本に伝えたものです。浦上玉堂など、これを得意とした文人画家もおりましたが、特殊なジャンルのため、なかなかすぐれた演奏家は多くありませんでした。

維新後の竹逸は、画家というよりむしろ、琴士（七弦琴のミュージシャン）として知られていたようです。明治八年（一八七五）の東京府布達により届け出のあった遊芸人の名簿である『諸芸人名録』という本を見てみると、七弦琴の「頭取世話方」として「第十大区一小区谷中町四十番地　井上竹逸」の名前があり、また「七弦琴之部」の項にも「新堀　井上竹逸」とのっています。ただし、七弦琴の芸人として名前があがっているのは竹逸ひとりですから、ほとんど孤高の芸だったようです。

上野で骨董屋を開いたころの竹逸の姿を伝える新聞記事がありました(4)。彼はすでに六十三歳でしたが、古物趣味はなお健在です。また、維新前の主君・梶川氏との交流がなお続いていたことも教えてくれます。

【読売新聞】明治九年（一八七六）十月十六日　朝刊

○上野東漸院《うへのとうぜんゐん》あとへ井上竹逸《ゐのうえちくいつ》さんが出《だ》された休所《やすみどころ》では、昨日《きのふ》と一昨日《をとゝい》と二日のあひだ書画《しよぐわ》や古《こ》器物《きぶつ》の展覧会《てんらんくわひ》を開《ひら》き、出品《しゆつぴん》は彼《か》の浅野内匠頭《あさのたくみのかみ》が吉良上野介《きらかうづけのすけ》へ殿中《でんちう》で切《きり》つけたときに抱止《だきとめ》た梶川《かじかは》與惣兵衛《よそべゑ》の（芝居《しばゐ》などですると加古川本蔵《かこがはほんざう》）昔《むか》し仕立《じたて》の麻上下《あさがみしも》と熨斗目《のしめ》の引《ひつ》とき（いづれも◎の紋《もん》がついてあり、丈《せい》の小《ち》さい人《ひと》とみえて上下《かみしも》などは余《あま》り大《おほ》きくなし）、外《ほか》に元禄《げんろく》十四年《ねん》の日記《につき》と写《うつし》が二冊《さつ》と、浅野内匠頭《あさのたくみのかみ》の事《こと》に付《つい》ての書留《かきどめ》が二冊《さつ》、また梶川家《かぢかはけ》に伝《つた》はって有《ゐ》る金字《きんじ》で南無阿弥陀仏《なむあみだぶつ》と書《か》いた指《さし》もの、此外《このほか》古代《こだい》の櫃《ひつ》や牧溪《もくけい》の二幅対書画《ふくつゐしよぐわ》もあり、当社《たうしや》のものも見《み》に出《で》かけましたが、此《この》ざしきは至《いた》ってながめのいい閑静《かんせい》な場所《ばしよ》で、風流人《ふうりうじん》の好《この》みそうな所《ところ》でござりました

最後にもう一度、冒頭にあげた竹逸の肖像画を見てください。中国式の服装を身につけた琴士の姿で描かれています。落款に「琴学弟子石谷薫沐製」とあるとおり、描いたのは竹逸から七弦琴を習った、弟子の町田石谷という人です。

作者・町田石谷は、薩摩藩出身の文部官僚であり、東京国立博物館の生みの親として知られる町田

久成（一八三八～一八九七）その人です。彼が竹逸から七弦琴を学んでいたというのも意外でしたが、ひょっとしたら（まだまだ仮定の話ですが）竹逸の古物趣味は、七弦琴の弟子である町田久成を通じて、博物館の誕生に受け継がれたのかもしれない――などと考えてみるのも、なかなか愉快なことではないでしょうか。

注

（1）僧圓中撰「井上竹逸居士小伝」の原文（明治二十四年）は以下のとおり。

井上竹逸居士小傳

夫功名顯箸（顕著）者記傳碑碣累々隆也、陋巷隠士而為人之不能作介立不羈者蓋近世鮮矣、吾舊知井上竹逸居士在焉、余粗知其為人、頃日其男徳郎来請書法號、余私所記小傳併書與之、居士通稱玄蔵、號竹逸、世幕下士也、資性嶷嶢（高くそびえる）有古人風、壯歳従事文武諸技、曾遊嵜陽入高嶋秋帆門、學西洋聯隊火技、豫知天下兵製不可不變、然而秋帆罹冤罪、相尋渡邊登被幽、皆志士也、於斯乎慨歎不可為、決然逍遙風流、従鳥海道人皷七弦琴、出入文晁崋山椿山之門、撫南州《（ママ）》山水、打漁鼓弄琵琶、愛玩古器物、或陪貴人之宴席、不屈豪傲、貴人亦知其志敢不介、津侯津山山内侯等也、鍋嶋内匠大久保一翁々筒井肥州戸川蓮堂等亦出入無隙者也、明治十九年二月廿八日有宮本小一君巣鴨邸琴棋書画之遊宴廷溜行、同三月廿八日建高嶌秋帆行状碑於上野山内臨焉、蓋以舊誼也、同四月感微疾、其三日溘焉（こうえん＝忽ち）長逝矣、葬本郷丸山某寺先塋處也、享年七十三、生涯優遊、樂事而厚友誼、舊恩人梶川氏泊落不給属訪之脱衣鬻器贈之唯不一再、其

忠愛所不能他及也、其子男女各五人、皆健盛自活、嗚呼居士一世之奇人也哉、
明治廿四年三月　　東台櫻谷僧正圓中七十四歳書「圓中之章」「猷海氏」

（2）「井上竹逸自筆書上」の原文（明治十五年）は以下のとおり。

御将軍家簱下梶川半左衛門家来
ノ用役相勤候　父井上忠輔　死　簱下
三宅土佐守家来
師匠　渡邊　登　　平民　井上竹逸
号　華山　　　　　年六十九才
実名令徳、字源蔵、号竹逸、通称孝蔵又源蔵、廿八年前より竹逸ヲ通しニ仕候、
私儀幼年より画事好ミ候得共、師と頼ミ候者無之処、天保五六年之頃前後三四年之間、右華山ニ随ひ山水相学候迄ニ而、其後ハ只々人之頼ニ應シ折々認候迄ニ而、又弟子等ハ一人モ無之候、右之外画事ニ付一切可申上事無御座候也、
（頭注）「此段ハ認不出候也」
（以下見消）先頃頼之節南宗ト認出候へとも、宗派之儀ハ他人より評ニ而、自ラ仕タル事ニハ無之趣ニ候へとも、宗派認差出不申候てハ不都合之趣ニ候間、認出申候、先年華山ニ宗派之儀承り候得者、是ハ前人ノ画之趣ニ寄、南宗ト申北宗と名付ル迄ノ事ニ而、自ラ稱スル事ニ無之由被申候、其節、先生之画様ハ如何哉、承り候に、笑ひ居ノミテ答ハ致し不申候也、

一、先頃頼書、横二尺五寸、向ヒ立四尺五寸ト認候得共、立五尺ニ仕候間、此段奉申上置候也、（ここまで見消）

明治十五年八月廿九日　下谷区上野桜木町弐番地

小林酉松同居

宿井上竹逸（印形）

東京府知事　芳川顕正　殿

（以下見消）此段為念奉申上置候也

右之趣書私より申上候南宗ト認ハ宜敷御□□奉頼候也

（3）日記の活字化にあたっては、読みやすさを優先して、句点を適宜つけた。また難読部にふりがなを加えた。旧字体の漢字は新字体に、カタカナはひらがなに改めたが、一部はそのままとした。なお（　）内は、本稿筆者による補足である。

（4）読売新聞社データベース『ヨミダス歴史館』により検索した。

第五章　欧州へ

――「舞姫」から「新生」まで――

出原隆俊

一　欧州と米国

旅立ちの先としての欧州はどのように意識されていたのか。明治四年からの岩倉使節団の記録「米欧回覧実記」にも見られるように、アメリカ行きも当然あるが、「巴里の月に酔ひ、倫敦の花を賞す」という、洋行者が歓楽にふけることを風刺する慣用句があるように、洋行という場合、欧州がイメージされることが多い。このあたりの事情については、女性が海外留学の志を立て、苦難を経て実現する過程などが描かれる木村曙「婦女の鑑」（明治二十二年）を参照すれば分かりやすい。ケンブリッジの女子部で優秀な成績を得た女性が、「学術修業の為にとて来りしにて侍らねば」として「商業社会に立入る気なれば」「是より亜米利加地方に行き工業に心を寄る」とする。そして、「米国ニユーヨークなる或る工業場」の「女工」になる。アメリカは実業の地とのイメージがあるのである。さらに、永井荷風「ふらんす物語」（明治四十二年）も参照しよう。

その頃、吾々は共に米国に居ながら、米国が大嫌ひで、と云ふのは、二人とも初めから欧洲に行きたい心は矢の如くであつても、苦学や自活には便宜の至つて少い彼の地には行き難いので、一先米国まで踏出して居たなら、比較的日本に止まつて居るより何かの機会も多からうと、前後の思慮なく故郷を飛出した次第であつたからだ。（略）二人顔を合すと、写真でのみ知る欧州の市街の美麗と、其の生活の詩趣深きを嘆賞し、同じ海外で送る月日の、まゝならぬを恨んで、八当りに、米国社会の全体をば、殊に芸術科学の方面に至つては、さながら未開の国の如くに、罵り尽して、いさゝか不平を慰めるが例であつた。（傍線論者、以下同様）

アメリカと芸術が結びつかないことが明確に述べられている。有島武郎の「或る女」（大正八年）の葉子は結婚するために渡米するが、その相手は、次のように評されている。

いまに見なさい木村といふ仁なりや、立派に成功して、第一流の実業家に成上がるにきまつてゐる。是からは何と云つても信用と金だ。

後に触れる「舞姫」（明治二十三年）よりも、実際の鷗外の体験に近いと思わせる「妄想」（明治四十四年）にも、文化と欧州のつながりは、次の個所のように捉えられている。

兎角する内に留学三年の期間が過ぎた。自分はまだ均勢を得ない物体の動揺を心の内に感じてゐながら、何の師匠を求めるにも便りの好い、文化の国を去らなくてはならないことになつた。（略）

東洋には自然科学を育てて行く雰囲気は無いのだと宣告した。果してさうなら、帝国大学も、伝染病研究所も、永遠に欧羅巴の学術の結論文を取り続ぐ場所たるに過ぎない筈である。

欧州が「文化の国」・「学術」の国として日本と対置されていることは揺るがないのである。時代はずっと新しくなるが、辻邦生の「西欧の光の下」では、次のようにある。

ましして文学的形式を、自己の従う必然的制約であるとみなす現実的動機に達するまでには、すでにそれだけで一つの文学的課題であるほどの困難さが横たわっていた。むろん私もパリにいったところで、そこにただちに「私たちの」形式があると考えていたわけではない。

文学・芸術・学術を学ぶためには、やはりアメリカではなく欧州というのが、時代を超えて、一般的なイメージとして焼き付いていると言えるのである。

二　旅立ちと〈死〉

『大変な見送りだね。こんなに人の来て呉れるやうなことはわれ〳〵の一生に左様たんと無い。

まあ西洋へでも行く時か、お葬式の時ぐらゐのものだね』

一緒に乗込んだ加賀町は高級な官吏らしい調子で言つて、窓際に立ちながら岸本の方を見た。全く、岸本に取つては生きた屍の葬式が来たにも等しかつた。

「旅立ち」という言葉には新しい世界への出発という意味とともに、亡くなるという意味もある（「喜の字の祝去年立派にしたを此世のおもひ出にして旅立れたれば多分は行く先も安楽国なるべく」幸田露伴「いさなとり」（明治二十四年）＝日本国語大辞典）。島崎藤村「新生」（大正七年）のこの場面は、そのことを岸本が意識して「生きた屍」という言葉を用いているわけではあるまいが、題名が〈新生〉とある以上は、作者は一度は何らかの形で、岸本が〈死〉を通過するような思いをすることを予定していたことは、出発に先立って『…是以上の死滅には自分は耐へられない――』と岸本がつぶやくことで明らかである。藤村自身がモデルである岸本は、妻の死のあと自分や子供たちの身の回りを世話してくれていた姪の節子と肉体関係を持ち、妊娠させてしまったが、それをその父（岸本の兄）に打ち明けられないままに出国することになった。〈死〉のイメージは岸本自身だけではなく、隅田川の川岸に妊娠した若い女の死体が浮かび上がったことを姪と重ねて何度も想起していることにも見られる。そこから、次のような展開となる。

・余儀ない旅の思立から、身をもつて僅に逃れて行かうとするやうな彼は、丁度捨て得るかぎりのものを捨て去つて『火焔の家』を出るといふ憐れむべき発心者にも彼自身を譬へたいのであつた。

・一度は自殺の瀬戸際にまで彼を追ひやつたのも、節子の顔にあらはれて来たあの恐ろしい『死』の力だ。遠い旅に出て、彼女を破滅から救ひ、同時に自分をも救はうとするやうなことが、そこから起つて来た。兄を欺き、嫂を欺き、親戚を欺き、友人を欺き、世間をも欺いて、洋行の仮面にかこつけて国から逃出すやうなことも、そこから起つて来た。

〈死〉に接近しつつも、「遠い外国の旅――どうやら斯の沈滞の底から自分を救ひ出せさうな一筋の細道が一層ハツキリと岸本に見えてきた」とあるのである。「逃出す」としつつも、〈死〉からの旅立ちとも言えよう。この〈死〉への接近と同時に〈生〉への執着は、後に見る「破戒」や「自分のやうなものでも、どうかして生きたい」という「春」などにも見られる藤村作品のパターンともいえるものである。

して見ると自分さへ黙つて居れば――黙つて、黙つて――左様岸本は考へて、更に『時』といふものの力を待たうとした。もとより彼は自己の鞭を受けるつもりで斯の旅に上つて来た。苦難は最初より期するところで、それによつて償ひ得るものなら自分の罪過を償ひたいとは国を出る時からの願ひであつた。

「黙つて」いることによって、通常の洋行とは見かけは変わらない。しかし、内心では「逃出す」ような形での欧州への旅立ちそのものは、極めて異例であろう（国内の旅行では、たとえば、志賀直哉の作品には父との不和・対立から家を逃れて旅を続ける人物が登場することが少なくない）。「舞姫」から引用しておこう。

洋行して一課の事務を取り調べよとの命を受け、我名を成さむも、我家を興さむも、今ぞとおもふ心の勇み立ちて、五十を踰えし母に別るゝをもさまで悲しとは思はず、遥々と家を離れてベルリンの都に来ぬ。

これが洋行者一般の心境と言えよう。「新生」のような逃れ出るような心情での旅立ちの場合、その行く先は、国外では、西欧ではなく、アジアが選ばれることが多い。漱石「門」（明治四十三年）から引用する。

> 二人は安井もまた半途で学校を退いたという消息を耳にした。彼らは固より安井の前途を傷けた原因をなしたに違なかつた。次に安井が郷里に帰つたといふ噂を聞いた。次に病気に罹つて家に寝てゐるといふ報知を得た。二人はそれを聞くたびに重い胸を痛めた。最後に安井が満洲に行つたと云ふ音信が来た。

友人に妻を奪われることになった後の安井の動向である。二葉亭四迷の「其面影」（明治三十九年）にも、次のようにある。妻との不和と、妻の妹との不倫、その妹も自責の念から姿を消した後の大学の教員である哲也という人物の行く末である。

> 是より先き清国行の話は疾くに確定していたが、哲也は最う余り気乗りのせぬ様子で、同行者の誰彼は血眼になつて支度に忙しがる中で、独り放心として服一つ新調する方角もなかつた。（略）見送人が入替り立替わり側へ来て挨拶をする度に、哲也は余儀なさゝうに身を起して礼を言つてはゐたけれど、…何とやら柩を護つて旅立つ人に対するやうな感があつた。

偶然ではあるが、「新生」と「其面影」とで、「生きた屍」と「柩」という〈死〉にかかわるイメージの重なりがあることも注目される。見送り人に対する応対の仕方も似たものがある。かつて述べた[1]

ことだが、「舞姫」が出た後、それが歓楽者の世界だと捉えて批判する小説が出された。そこにおいて、寓意として、欧州行きの船上で、大勢の見送りに応える洋行者の隣に、やがて〈からゆき〉としてシンガポールで売られることになる少女が立たせられている。欧州行きとアジア行きとは、立身出世と零落という対極になっているのである。

独歩の「少年の悲哀」（明治三十五年）もその例に付け加えることができる。瀬戸内の海の入り江のある町で娼婦であった女が、心を通わせた男がいたが、日本にもいられなくなる。その女の弟に似ていると言われた「僕」によって次のように語られる。

流の女は朝鮮に流れ渡つて後、更に何処の涯に漂泊して其果敢ない生涯を送つて居るやら、それとも既に此世を辞して寧ろ静粛なる死の国に赴いたことやら、僕は無論知らないし徳二郎も知らんらしい。

この場合は〈死〉への予感を思わせる旅立ちと言えよう。「其面影」の主人公も「法学士」の「成れの果」として消息を絶つ。

このように、アジアという場所ではなく欧州を目指していくのに、「新生」の岸本ように逃げ去るような心情での旅立ちは、極めて異例というべきであろう。こういう心性のもとで、岸本は次のような光景を心に留めることになる。

彼は神戸へ来た翌日、海岸の方へ歩き廻りに行つて、図らず南米行の移民の群を見送つたことを思出した。幾百人かのそれらの移住者の中には『どてら』に脚絆麻裏穿きという風俗のものがあり、手鍋を提げたものがあり、若い労働者の細君らしい人達まで幾人となくその中に混つて居たことを思出した。彼はまた、今まで全く気がつかずに居た自分の皮膚の色や髪の毛色のことなどを妙に強く意識するように成つた。

こういうような、零落していく人々を目撃することは、荷風の「あめりか物語」（明治四十年）にもある。

「この瘋狂院には日本人も二三人収容されて居るよ」（略）出稼ぎの労働者と云ふ一語は又しても私の心を動かさずには居ない。思返すまでも無く、過る年故郷を去つて此の国に向かふ航海中、散歩の上甲板から、彼等労働者の一群を見て、私は如何なる感想に打たれたらう。彼等は人間としてよりは寧荷物の如くに取扱はれ狭い汚い船底に満載せられてゐた。

「新生」と同じような光景だが、自らと重ねる思いはない。この点で、「舞姫」では、こうした人々と交差することのない旅立ちが批判されたことが想起される。ところで、「新生」での「南米行の移民の群」も当然、日本国内での生活に追いつめられた人々である。そのような人々に目を向けるのは、「破戒」（明治四十年）の次のような個所をも想起させる。

漂泊する旅人は幾群か丑松の傍を通りぬけた。落魄の涙に顔を濡して、餓ゑた犬のやうに歩いて行くものもあつた。何か職業を尋ね顔に、垢染みた着物を身に絡ひ乍ら、素足の儘で土を踏んで行くものもあつた。あはれげな歌を歌ひ、鈴振鳴らし、長途の艱難を修行の生命にして、日に焼けて罪滅し顔な巡礼の親子もあつた。または自堕落な編笠姿、流石に世を忍ぶ風情もしをらしく、放肆に恋慕の一曲を弾じて、銭を乞ふやうな卑しい芸人の一組もあつた。丑松は眺め入つた。眺め入り乍ら、自分の身の上と思ひ比べた。奈何に丑松は今の境涯の遣瀬なさを考へて、自在に漂泊する旅人の群を羨んだらう。

「今の境涯の遣瀬なさ」は、被差別部落出身の瀬川丑松が身分を隠し通せと教えた父の葬儀のために郷里に戻る旅での心情であるが、それは「新生」の、姪を妊娠させ、その両親に事実を打ち明けることができないままに欧州へと旅立とうとする岸本の心情でもあろう。丑松も出自が暴露されそうになるとき、〈死〉に接近する。

あゝ、日没だ。蕭条とした両岸の風物はすべて斯の夕暮の照光と空気とに包まれて了つた。奈何に丑松は『死』の恐しさを考へ乍ら、動揺する船橋の板縁近く歩いて行つたらう。

こういう経過の後、丑松は教室で被差別部落民である出自を告白することになる。公然と告白したことが同情を呼んだこともあり、その後、理解してくれる人々の尽力によって、「亜米利加の『テキサス』あたりへ渡つて新事業を起さうとする人物」とともにアメリカへと渡ることになる際には、

猜疑、恐怖——あゝ、あゝ、二六時中忘れることの出来なかつた苦痛は僅かに胸を離れたのである。今は鳥のやうに自由だ。どんなに丑松は冷い十二月の朝の空気を呼吸して、漸く重荷を下したやうな其蘇生の思に帰つたであらう。譬へば、海上の長旅を終つて、陸に上つた時の水夫の心地は、土に接吻する程の可懐しさを感ずるとやら。丑松の情は丁度其だ。いや、其よりも一層歓しかつた、一層哀しかつた。踏む度にさく〳〵と音のする雪の上は、確実に自分の世界のやうに思はれて来た。

という思いに至る。「蘇生」は当然、〈新生〉を連想させよう。これから旅立ちを控えているのに、「海上の長旅を終つて、陸に上つた時の水夫の心地」とあることも注意されよう。比喩表現として転倒しているとも言い得るが、これは、「破戒」ではすでに告白することによって〈死〉を通過したことの安堵の表れがきわめて強いことの反映であろう。旅立ちの前にすでにことの決着がついている。丑松は「事業」の世界で〈蘇生〉が約束されていることになる。先にも触れたようにアメリカはそれにふさわしい国である。そういう〈事業〉などに活路を見出すことのできない、〈芸術〉にかかわる「新生」の岸本の旅立ちは、先に見たように〈死〉のイメージで彩られていながら、そこから救いを求めるものである。そこがアジア行きではない所以とも言えよう。しかし、欧州での滞在は結果として大きな転換をもたらさない。「帰りの旅はすくなからぬ精神の勇気を要することばかりであつた」となる。それでは、岸本の〈蘇生〉はどういうところから生まれるのか。告白は、帰朝後に行われるのであり、次のような経過をたどる。

暗い秘密を隠さう〳〵としたことは自分のためばかりでなく、一つは節子のためであると考へたのも、それは互に心を許さない以前に言えることであつて、今となつては反つてそれを隠さないことが彼女のためにも真の進路を開き与へることだと考へるように成つた。

姫との関係が復活するだけではなく、以前以上に離れがたくなってくる中での決心である。それが、「新生」という作品として公表するという〈芸術家〉のやり方なのである。告白した後の丑松の〈蘇生〉と比べて、〈蘇生〉のための告白ということができよう。

三　「舞姫」と「新生」

先に引用した「今まで全く気がつかずに居た自分の皮膚の色や髪の毛色のことなどを妙に強く意識するやうに成つた」に改めて注目したい。これは海外で酷薄な運命が予想される人々への思いが、自分の身に転じたということであろう。黄色である日本人という意識は、森鷗外「舞姫」での泣いていたエリスに豊太郎が親切に語りかけていったことに対して「彼は驚きてわが黄なる面を打守りしが」とあることを思わせる。しかし、豊太郎は、その前に自ら、「ところに繫累なき外人は、却りて力を借し易きこともあらん」と述べているのであり、黄色であることにこだわりがあるわけではない。

欧州において顔の色を自身が意識するだけではなく、他者の視線にさらされることを意識するという点でも、豊太郎と岸本は共通している。

・明きたる新聞の細長き板ぎれに挿みたるを、幾種となく掛け聯ねたるかたへの壁に、いく度となく往来する日本人を、知らぬ人は何とか見けん。

・否でも応でも彼は自分の髪の毛色の違ひ、皮膚の色の違ひ、顔の輪廓の違ひ、眸の色の違ひを意識しない訳に行かなかつた。逢う人毎にジロ〳〵彼の顔を見た。斯うした不断の被観察者の位置に立たせらるゝことは、外出する時の彼の心を一刻も休ませなかつた。

漱石には次の記述がある（明治三十四年一月五日、日記）。

烟中ニ住ム人間ガ何故美クシキヤ解シ難シ思フニ全ク気候ノ為ナラン大陽ノ光薄キ為ナラン、往来ニテ向フカラ脊ノ低キ妙ナキタナキ奴ガ来タト思ヘバ我姿ノ鏡ニウツリシナリ、我々ノ黄ナルハ当地ニ来テ始メテ成程ト合点スルナリ　妄リニ洋行生ノ話ヲ信ズベカラズ彼等ハ己ノ聞キタルコト見タルコトヲ universal case トシテ人ニ話ス豈計ラン其多クハ皆 particular case ナリ、又多キ中ニハ法螺ヲ吹キテ厭ニ西洋通ガル連中多シ、彼等ハ洋服ノ嗜好流行モ分ラヌ癖ニ己レノ服ガ他ノ服ヨリ高キ故時好ニ投ジテ品質最モ良好ナリト思ヘリ洋服屋ニダマサレタリトハ嘗テ思ハズ斯ノ如キ者ヲ着テ得々トシテ他ノ日本人ヲ冷笑シツ、アリ　愚ナルコト夥シ

この後半あたりの日本人批判は次の荷風と重なるところがある（「ふらんす物語」）。

貞吉は実際、自分ながら訳の分からぬ程、日本人を毛嫌ひしてゐる。西洋に来たのを鬼の首でも取つたやうに得意がつて居る漫遊実業家、何の役にも立たぬ政府の視察員、

黄色であることについては、あるいは遠藤周作「アデンまで」の「おれは永遠に黄いろく、あの女は永遠に白いのである」なども思い浮かぶ。これらは、欧州現地での認識であり、出発前の「皮膚の色」への意識は異例といえるであろう。黄禍論がどのように関わっているのかは本稿の枠外であるが、検討の余地はあろう。また、日本人のイメージを自虐的に表した高村光太郎の「根付きの国」の「頬骨が出て、…こせこせした…ももんがあの様な、…茶碗のかけらの様な日本人」まで行き着かないとしても、一考の余地はあろう。このように見てくれば、「新生」における欧州への旅立ちは先に見た「舞姫」の太田豊太郎の出発とは対極にあることは明らかである。むしろ、それは、次のような、豊太郎の欧州からの帰国の際の屈折した心情を思わせる。

げに東に還る今の我は、西に航せし昔の我ならず、学問こそ猶心に飽き足らぬところも多かれ、浮世のうきふしをも知りたり、人の心の頼みがたきは言ふも更なり、

先に引用した「新生」での主人公の「仮面」はドイツから帰国した「舞姫」の主人公の豊太郎が、「人

知らぬ恨」を隠すために身につけていたものと言えるかもしれない。豊太郎はドイツに留学して薄幸の女性エリスと出会い、留学生仲間からの讒言によって免官となる。エリスが妊娠したにもかかわらず「欧州大都の人の海に葬られんかと思ふ念」に恐怖して、ひそかに帰国の道を選んでエリスを発狂させたという経緯を帰国途中の船中で手記をしたためるという設定である。両作品は、妊娠した女性を置き去りにして出発するという共通点があるが、出国と帰国に際してというように、逆の展開である。ただし、このことに関しては、豊太郎は、欧州で人の中に隠れようとした岸本とは逆に、帰国して隠し通すために、手記にエリスとの関係を封じ込めると言えるのである。手記を読む者が想定されているか、という問題にもなる。それに対して岸本は帰国後の告白となったのである。〈告白〉という問題は、漱石の「心」も含めて、日本近代文学の重要なモチーフの一つと言える。また、先の章で引用した個所にあるように、「彼女のためにも」告白するのがよいという論理は、自己の秘められた部分の告白という枠組みの中では、いささか特異ともいえよう。しかし、また次のような類似性があることも見逃すわけには行くまい。

・思ひもよらない悲しい思想があだかも閃光のやうに岸本の頭脳の内部を通過ぎた。彼は我と我身を殺すことによつて、犯した罪を謝し、後事を節子の両親にでも托さうかと考へるやうに成つた。近い血族の結婚が法律の禁ずるところであるばかりで無く、もしも斯うした自分の行ひが猶且つそれに触れるやうなものであるならば、彼は進んで処罰を受けたいとさへ考へた。何故といふに、彼は世の多くの罪人が、無慈悲な社会の嘲笑の石に打たる、よりも、むしろ冷やかに厳粛な法律の鞭を甘受しようとする、その傷ましい心持に同感することが出来たからである。(「新生」)

・我脳中には唯〻我は免すべからぬ罪人なりと思ふ心のみ満ち〳〵たりき。(「舞姫」)

・相沢と議りてエリスが母に微かなる生計を営むに足るほどの資本を与へ、あはれなる狂女の胎内に遺し、子の生れむをりの事をも頼みおきぬ。

「彼は我と我身を殺す」という言葉は、「彼女のためにも」という言い方とともに、そのまま額面どおり受け取ることができるのかという問題も「新生」のトータルな読みとかかわってくる問題であろう。

岸本が、自身を「生きた屍」として捉えていたことは先に述べたが、この言葉はさらに、後半にも現れる。帰国後のことである。

もと〳〵遠い旅にまで逃れて行つたほどのものが奈何してあの震へる小鳥のやうな節子を傍観し得られたらう。彼は生きた屍にも等しい人を抱いてしまつた。

ここでは、生きて帰国したことによって、自分ではなく姪が「生きた屍」として捉えなおされるということであろう。これも偶然であろうが、「舞姫」の「エリスが生ける屍を抱きて千行の涙を濺ぎしは幾度ぞ」の裏返しにも見える。「抱」くという言葉は重なっても、無論、意味合いは全く異なる。〈性〉をめぐる、時代の表現のレベルという問題も介在するのであり、単純な対比が有効とも言えないが、男性が女性を傷つける構図はここでも見られるのである。日本人の男と外国女性の恋愛問題が関わっていることは、「ふらんす物語」にもあるが、「新生」も可能性としてはあった。また、「震える小鳥のやうな」という比喩表現についても、またも「舞姫」を参照することができる。

嗚呼、独逸に来し初に、自ら我本領を悟りきと思ひて、また器械的人物とはならじと誓ひしが、こは足を縛して放たれし鳥の暫し羽を動かして自由を得たりと誇りしにはあらずや。

「舞姫」の回想の中で、豊太郎が過去の自己について、明らかに弱性を強調していると指摘した(2)ことがあるが、「我心は処女に似たり」・「涙に手巾を濡らし」・「弱くふびんなる心」という表現を重ねるのは、あたかも女性性を強調するようである。その比喩として使われていた「足を縛して放たれし鳥」につながる「震える小鳥のやうな」ものを「抱いてしまった」岸本のグロテスクさが浮上することにもなる。しかし、そのことを強調すれば、近代文学の出発期と自然主義小説を経た後という、表現の時代性を無視した議論ともなろう。

両作品の類似性という点では、さらに、「舞姫」では、日本に向かう途中のサイゴンで豊太郎は手記をしたためるが、岸本はサイゴンにまでいかないうちにという思いで、香港への途中で兄に手紙を書くという構図も逆方向で対応している。しかし、豊太郎の場合は手記をしたためることによって、過去を封じ込めるのであるが、岸本は兄一人に告白する形で書置きを残し、帰国後に世間に告白するということで小説の展開は大きく様相を異にする。

このように、「舞姫」と「新生」について、その表現に着目したとき、奇妙なまでに、思いがけない類似性を見出すことができるとともに、〈性〉をめぐる表現などをはじめとして、際立った時代的差異を見ることもできる。それは欧州へ行くことの時代性も反映していよう。

四　おわりに

〈旅立ち〉というテーマについて、日本から「欧州へ」行くという〈旅立ち〉に絞って、かかわりのある日本近代文学の作品の幾つかを視野に入れただけにとどまった。〈旅立ち〉というテーマは、歌謡曲などにもさまざまに取り込まれているが、この枠組みはさまざまな解釈を許容しよう。この枠組みを設定することによって、窮屈な場所に閉じ込められるのではなく、従来の日本近代文学史では、とらえきれなかった視座が浮上すると考える。文学史的潮流だとか、個別の作家論を塗り替える可能性を求めて新たな〈旅立ち〉を目指したい。

注

（1）（2）「洋行と〝からゆき〟—反「舞姫」小説の位相—」（『文学』五十三巻三号、一九八五年三月）

引用は『藤村全集』（筑摩書房）、『鷗外全集』（岩波書店。「舞姫」については初出）、『荷風全集』（岩波書店）、『漱石全集』（岩波書店、一九九四・五年版）、『二葉亭四迷全集』（岩波書店）、『国木田独歩全集』（学習研究社）による。ルビは略し、新字体を使用した。

あとがき

本書『旅立ちのかたち――イギリスと日本――』は、懐徳堂記念会二〇〇六年度春期講座「旅立ちのかたち――文学の世界へ」と秋期講座「旅立ちのかたち――芸術の世界へ」をもとに編纂したものであり、懐徳堂ライブラリーとしては第九集となる。イギリスと日本という二つの国の近代文化・文学に現れる様々な旅立ちのかたちを、一流執筆陣に雄弁に語ってもらった教養あふれる読み物である。「旅立ち」というと、二〇〇八年度アカデミー外国語映画賞に輝いた『おくりびと』がすっかり有名になった今、「あの世への旅立ち」（『おくりびと』の英語のタイトルはDeparture、まさに「旅立ち」である）を連想される方が多いであろう。本書は死にゆく姿についてのみ語ったものではないが、たとえば大病から奇跡的に帰還したイギリス一七世紀詩人ジョン・ダンの歌う死出の旅や、森鷗外や島崎藤村の主人公たちの死のイメージを伴った出国などが扱われている。

本書に現れる旅立ちのかたちは、「とむらい」の他に、「性的逸楽の旅」や「冒険」や「イギリス発の大航海」や「日本での郷里からの離脱」など多様である。旅立ちの文学としては『ガリヴァー旅行記』やロマン派の詩や『舞姫』や『新生』が、実録航海（旅行）記だと、イギリスの場合はクック船長の第二回航海、日本の場合だと江戸時代の文人画家の旅日記などがある。

本書の第一章から三章まではイギリスの一七世紀から一八世紀の文学と文化と大航海を扱い、第四章と五章では日本の一八世紀から一九世紀が対象となり、江戸時代の旅日記と明治時代の文学における欧州への憧憬を描く。

一見関わり合いのなさそうな「イギリスと日本」だが、本書を注意深く読んでいただくと両者が深い関係にあったことが分かるだろう。『ガリヴァー旅行記』が出版されたのは、懐徳堂が創設された二年後の一七二六年という同時代であり、このフィクションの中では、ガリヴァーが鎖国状態の日本を訪れて、踏み絵を含めた様々な体験をするエピソードが描かれている。またクック船長の航海の目的は太平洋の探索であり、その背景には豊かで遥か遠いアジアに対するイギリスを含めたヨーロッパ諸国の渇望があった。

一方、第四章、江戸の旅日記の主人公である井上竹逸は、長崎を訪れた時、オランダ船に乗ったり西洋式砲術を習ったりしている。彼は西洋文化に触れながらも、西洋式を嫌った幕閣が自分に近しい人を弾圧するのを目撃し、江戸末期の日本と西洋との軋轢を、身をもって体験した人であった。鷗外や藤村の作品の主人公たちも、「欧州へ」の強い憧れを持ちながらも、その旅立ちが必ずしも明るい未来と結びつかず、『新生』の主人公である岸本の逃避行のような場合もあったことが描かれている。

本書を通読することで、様々な障害はあったとはいえ、イギリスと日本はお互いに思い思われる関係にあったことが分かっていただけるものと確信している。イギリスと日本の、近代文化の旅立ちの諸相に読者の皆様を誘《いざな》いたい。

二〇〇九年八月

服部典之

編　者　㈶懐徳堂記念会（カバー袖参照）

執筆者一覧

小《お》澤《ざわ》　博《ひろし》　（関西学院大学文学部教授）

西《にし》山《やま》　徹《とおる》　（岡山商科大学法学部教授）

原《はら》田《だ》　範《のり》行《ゆき》　（東京女子大学現代教養学部教授）

成《なる》澤《さわ》　勝《かつ》嗣《し》　（早稲田大学文学学術院准教授）

出《いず》原《はら》　隆《たか》俊《とし》　（大阪大学大学院文学研究科教授）

編集担当

服《はつ》部《とり》　典《のり》之《ゆき》　（大阪大学大学院文学研究科教授）

・懐徳堂ライブラリー 9

旅立ちのかたち
—イギリスと日本—

2009年11月25日初版第1刷発行©

編　者　㈶懐徳堂記念会

発行者　廣橋研三

発行所　和泉書院

大阪市天王寺区上汐5-3-8（〒543-0002）

電話　06-6771-1467／振替　00970-8-15043

印刷・製本　遊文舎　装訂　森本良成

ISBN978-4-7576-0531-2　C0326